当写作从风格开始

河南评论家文丛

任瑜 著

河南大学出版社
HENAN UNIVERSITY PRESS
·郑州·

图书在版编目（CIP）数据

当写作从风格开始 / 任瑜著 . -- 郑州：河南大学出版社 , 2023.10
ISBN 978-7-5649-5660-8

Ⅰ . ①当… Ⅱ . ①任… Ⅲ . ①世界文学－文学评论－文集 Ⅳ . ① I106-53

中国国家版本馆 CIP 数据核字 (2023) 第211748号

项目总策划	侯若愚
责任编辑	侯若愚
责任校对	任湘蕊
封面设计	翟淼淼
出版发行	河南大学出版社
	地址：郑州市郑东新区商务外环中华大厦 2401 号　邮编：450046
	电话：0371-86059701（营销部）　网址：hupress.henu.edu.cn
排　　版	河南大学出版社设计排版中心
印　　刷	河南瑞之光印刷股份有限公司
版　　次	2023 年 10 月第 1 版　　印　次　2023 年 10 月第 1 次印刷
开　　本	890 mm×1240 mm　1/32　印　张　7
字　　数	154 千字　　　　　　　　　　定　价　30.00 元

版权所有·侵权必究
本书如有印装质量问题，请与河南大学出版社营销部联系调换。

目 录

- 悦读 -

毛姆：为乐趣而读书 / 003

了不起的菲茨杰拉德 / 008

敲门的不是邮差，是命运 / 013

在没落世界里的迷失和寻找 / 019

奥斯特的奇遇世界和空旷舞台 / 025

没有伤痛不可治愈 / 031

道是无情却有情 / 037

在情爱中反思罪责 / 043

卡波特和《蒂凡尼的早餐》/ 049

"纯真时代"的终结 / 055

关于"恶童"的残酷与悲伤 / 061

阿特伍德：多彩人生，高能叙事 / 067

亨利·詹姆斯的鬼魂世界 / 073

只对诗意的死亡发言 / 079

幸福只在战争之外 / 084

神奇非洲的"夜航人" / 090

书里书外皆传奇 / 096

讲不完的故事，道不尽的人性 / 101

- 细读 -

当写作从风格开始
　　——谈于一爽的创作 / 109

心灵在都市里的跋涉
　　——从《千万与春住》看张欣都市小说的独特性 / 124

"文质彬彬"与"铁骨柔肠"
　　——李修文散文阅读记 / 136

从悲壮的群体命运到虚无的个体生存
　　——班宇小说阅读札记 / 149

"八零后"小说写作的三个切面
　　——以王威廉、蒋峰、于一爽等为例 / 160

现实观照与理想主义诗意
　　——谈郝景芳的科幻小说兼及科幻写作的可能空间 / 176

从讲故事的机器人到写小说的机器人
　　——浅论飞氘的小说写作 / 188

在熟悉的路径之后
　　——关于李清源的片段和推想 / 201

"才华是通行证"
　　——从《维以不永伤》到《为他准备的谋杀》/ 210

—悦读—

毛姆：为乐趣而读书

阅读的观念和标准

读书实在是相当个人的一件事。同一本书，你觉得惊艳，他可能觉得不过尔尔。因为每个人都有自己的喜好，感受和判断也受自身的学养、经历、环境、性情乃至生理性状况等诸多因素的影响。所以，如果在谈一本书的好坏之前，不先谈一谈相应的观念和标准以达成必要的共识，难免会走向白费工夫的自说自话。

英国作家毛姆出过一本名叫《书与你》的小书，他在书中向读者介绍评点了他眼中的一流作者的真正杰作，开列了一张关于世界文学的入门书单。但在介绍具体的书目之前，毛姆首先强调的是他的"阅读观""读者观"，以及确定一本"好书"的标准。对他反复表达的这些观点，我深以为然。

毛姆坚持"阅读应该是一种享受"，读一本书，就是要真正地享受它，从中得到乐趣。如果一本书你读着没有乐趣，那你完全可以不读，不管别人认为它有多好。他甚至认为小说家的目的不是教育，而是娱乐，娱乐自己的读者。当然，真正的好书，不仅能让读者获得愉悦，也必然让读者获得利益，这利益就是感到"生活更丰富更充实"，所以你会觉得"没有读便是一种损失"。毛姆对读者的要求是"一定要拥有一些属于自己的事物；至少必须拥有对人类事物发生兴趣的能力,而且不能没有想象力"。"如果你既无好奇心又无同情感,那么,没有一本书是值得读的。"

如果你也和我一样赞同这些观点,那么,我们就已经建立起了宏观上的共识。有了这个基础,即便我们对读书各有所好,也肯定能产生一些让人惊喜的共鸣,这就像是与人共赏生命中珍贵的美景一样,实是人生一大乐事。

毛姆和毛尖

索性就从毛姆开始。对于威廉·萨默塞特·毛姆的作品,中国的读者应该是不陌生的。从二十世纪八十年代初期开始,毛姆各种体裁的作品就陆续被译介过来,如长篇小说《兰贝斯的丽莎》《人性的枷锁》《刀锋》《月亮和六便士》《伯莎与克雷笃克》《寻欢作乐》《面纱》《剧院风情》,散文集《巨匠与杰作》《书与你》《毛姆读书随笔》《在中国屏风上》,戏剧选集《贵族夫人的梦》以及多篇短篇小说。但这并不是毛姆作品的全部,据说他一共写过120个短篇小说,20部长篇小说,26部剧本,以及大量的游记、论文等。创作不可谓不丰。

至于毛姆本人,读者也不会太过陌生。几乎在每一本毛姆的书中,都或多或少有对他的介绍,从生平,到作品,到评价。我们很容易就知道,他是一个出生于巴黎的英国人,双亲早亡,寄养在做牧师的伯父家,年少时内向、口吃,医学院毕业却弃医从文,一战期间做过情报员,离过婚,有一女。他不断地满世界旅游,热爱远东,聪明过人,头脑精明,善于营销。

在诸多版本的毛姆评介中，我觉得以作家毛尖为《西班牙主题变奏》和《客厅里的绅士》所写的序言信息量最大，也最为有趣和精准。在这篇名为《必须是个情人》的文章中，毛尖先是提到了那些关于毛姆的真真假假的传说，比如有可能是他自己制造的"女子求偶的唯一条件是喜欢毛姆作品"的传言，比如因为他的戏在伦敦四家剧院同时上演而让萧伯纳抓狂的小道消息，比如1956年BBC的一项调查结果显示毛姆是当时人们在这个世界上最渴望见到的人。她不讳言毛姆毒舌到让她死活都不愿同他见面，也不讳言毛姆的同性之恋，还提到了他的远东之旅中出现的男童。最有趣的是她讲到衣修午德遇到毛姆后，在给福斯特的信中说，毛姆让他想到贴满标签的旅行箱，"只有上帝知道里面究竟是什么"。"旅行箱"这个比喻简直是醍醐灌顶、一语中的。毛姆的见多识广、经历丰富让你一览无余，但他深沉难明的内心却让你无从窥探。不仅是他本人，他的短篇小说也是如此。那些五花八门带着异域风味的传奇故事常常是简明流畅的，但包含的人性又是如此幽微复杂，难以明言。在文末毛尖将毛姆的风格总结为"既是极简派，又很巴洛克，而两者又彼此说明互相拆解"，这个总结看起来抽象，却非常准确传神。既明净又繁复，正是毛姆小说中的矛盾统一。《月亮和六便士》正是一篇如此风格的小说。

《月亮和六便士》

很多人都说毛姆写《月亮和六便士》是影射法国后印象派画家高更，就像他写《寻欢作乐》被说成是影射作家托马斯·哈代。

这个故事应该就是以高更的生平为素材而写就的：一个有妻有子生活体面的证券经纪人突然抛弃一切，离家出走，决绝无情。而之所以如此，是因为他找到了生命的方向。一股巨大的力量和热情在他体内燃烧，让他毫不在乎世人的异样眼光和自己的穷困孤单，也让他毫不顾忌地展现自己的无情无义和粗糙麻木。虽然他最终惨死在塔希提岛上，却把所寻找到的生命真谛留在了画作中。

故事并不复杂，毛姆写得明净流畅，不乏悬念和趣味。这一点不足为奇，因为毛姆是一个重视讲故事也很会讲故事的作家，《月亮和六便士》在开头吊足你的胃口，在中间又时时让你期待，在结尾更是出人意料。虽然毛姆的写法是传统的十九世纪式的，但读起来却不觉得落后和陈旧。因为，他写的故事实在是好看好读、有趣有味。

《月亮和六便士》最迷人的地方在于，从毛姆冷静的讲述之中，你能隐隐读到一股汹涌的"恶意"和一种不动声色的残忍，能够感觉到一种被平静掩盖的荒谬和疯狂，就像是冰封之下的热焰意欲喷薄而出，它们不仅来自斯特里克兰德对绘画的狂热和对俗世的无情，也来自他周围各色人等的各种反应和微妙内心。英国女作家伍尔夫曾说："读《月亮和六便士》，就像一头撞在了高耸的冰山上，令平庸的日常生活彻底解体！"说是"冰山"虽稍显夸张，但也算中肯。你在书中几乎看不到温情，因为毛姆极少温情脉脉。表面上他始终是冷静超然，时时流露的是淡漠的礼貌和由衷的疏离。他那英国式的矜持含蓄的感情总是点到为止，还常常掩盖在讥诮的毒舌之下，让你很难觉察。对于人，他讽刺起来从不怕刻薄,赞美起来却无比节制。对待他同情和讨厌的对象,也只有温和的嘲讽与刻薄的嘲讽之分。可以说,他的嘲讽和克制,呈现出的无情程度仅次于故事主人公斯特里克兰德。但是,尽管如此这般,尽管故事比较简单、讲述也不复杂,《月亮和六便士》却释放出一股复杂的动人心魄的力量,让你在读完之后,久久思量,久久难忘。

这就是毛姆,没有绚烂新鲜的技巧,却总能打动人心,引人入胜。原因何在?就如毛尖所说,毛姆"笔下有人"。毛姆的小说总是在写我们熟悉的人性,那些丰富繁杂得难以明辨明言而只能感受的人性,也就是你从斯特里克兰德,从斯特里克兰德太太和她的儿女,从罗特霍尔兹博士、纳尔德逊太太以及周围诸种人物的身上深深感受到的东西。

简而言之,《月亮和六便士》完全符合毛姆自己对好小说的定义:具有广泛人性的主题,故事前后连贯、让人信服,人物具有个性,行文简洁,风格适合内容,而且趣味十足。

了不起的菲茨杰拉德

"鹰不与他人共享"

在谈论《了不起的盖茨比》之前,最好是先说一说作者菲茨杰拉德和他的妻子泽尔达,因为他们本身就是这部小说的组成部分。

弗朗西斯·斯科特·基·菲茨杰拉德在写作上志向高远,于普林斯顿大学求学时便已立志成为"当今最伟大的作家之一"。第一次世界大战爆发后,菲茨杰拉德辍学入伍,在蒙哥马利市的军营受训。就在这个南方城市,22岁的菲茨杰拉德爱上了18岁的富家美少女泽尔达。但是,也可能是因为他出身贫寒且前途渺茫,泽尔达拒绝了他的爱。这对菲茨杰拉德来说既是打击,也是刺激,他更加渴望通过写作获得成功,以此来"赢回"泽尔达。退伍后菲茨杰拉德埋头创作,写出了具有半自传色彩的《尘世乐园》(《人间天堂》)。这部长篇处女作于1920年3月出版之后一鸣惊人,让菲茨杰拉德一跃成为美国文坛的闪亮新星,也给他带来了追求爱情的资本。他立刻去找泽尔达,4月初两人便如愿以偿地"有情人终成眷属"了。但是,恐怕当时的菲茨杰拉德做梦也想不到,在这欣喜若狂的幸福之中,隐藏着什么样的阴影和苦涩。

婚后的菲茨杰拉德和泽尔达在社交场上颇为活跃,不管是在纽约还是在巴黎，他们都是引人注目的金童玉女，年轻漂亮，有才有名。他们挥霍着青春和金钱，纵情狂欢，纸醉金迷：在公共喷泉里游泳、在餐桌上跳舞，没完没了的鸡尾酒会、数不清的故朋新知。为了维持巨大的开销，菲茨杰拉德接连写出了第二部长篇《美与孽》和短篇集《爵士时代的故事》，这些作品相当畅销，尤其是为流行杂志写的短篇，为他带来了可观的收入。

1925年，酝酿了几年的《了不起的盖茨比》正式出版。这部小说奠定了菲茨杰拉德"二十世纪美国文学最伟大的小说家之一"的地位，被公认为"美国现代小说中最优秀的作品之一"。但是，书的质量虽高，销量却不大，没有带给菲茨杰拉德足够的金钱回报。

这一时期，菲茨杰拉德生活中的危机已经浮出水面。就在他写作《了不起的盖茨比》期间，泽尔达爱上了一个法国海军飞行员，似乎还曾试图离开菲茨杰拉德，后者内心的痛苦可想而知。此后他开始意志消沉，写作也走上了下坡路。依据海明威在《流动的盛宴》中的说法，在菲茨杰拉德和泽尔达的关系中，潜伏着一些致命的危险，这危险不在于泽尔达曾爱上别人而菲茨杰拉德对此难以释怀，也不在于两人那种总是喝酒喝到人事不醒的生活状态，而在于他们之间的互相妒忌。泽尔达嫉妒菲茨杰拉德的作品，总是以闹酒的聚会来干扰、打断他的写作。而那些追求泽尔达的男人和她交往的女人也激起了菲茨杰拉德的妒忌。在海明威看来，就像"鹰不与他人共享"那样，泽尔达也意欲独占菲茨杰拉德，为此她甚至不惜用堪称恶毒的谎言来摧毁他作为一个男人的信心。妒忌和谎言的毒素损害了两人的内心和生活，让菲茨杰拉德无心也无暇写作，再加上自身性格中那些敏感、软弱和混沌的因素，他要想写作就不得不同泽尔达也同自己做艰难的斗争。因为断断续续的写作不足以维持生计，菲茨杰拉德只好转到好莱坞去编写剧本。

进入三十年代，他们的经济状况一度好转，但生活却无可挽回地越来越糟。泽尔达数次精神崩溃，经常进出精神病院，医疗费用高昂。菲茨杰拉德虽一度试图振作，精心创作了《夜色温柔》，但显然已经不能再续辉煌，而且持续的酗酒也严重地损害了他的身体。最终他再也没有机会重新生活了。1940年，44岁的菲茨杰拉德死于心脏病突发，留下一部未完成的《最后一个大亨》。

至于泽尔达这个既绘画也写作还总是想独立的女人，不管历史的目击证人怎么看怎么说，一个不争的客观事实是，她已在菲茨杰拉德的作品中永存。《夜色温柔》中的妮克，《了不起的盖茨比》中的黛西，菲氏短篇小说中诸多的南方女子，等等，都是她或她的某种特质的投影。没办法，菲茨杰拉德总是忍不住要写南方姑娘，美丽又有个性的南方姑娘，而她们身上，永远有泽尔达的影子。

《了不起的盖茨比》

在知道了菲茨杰拉德和泽尔达的故事之后再看《了不起的盖茨比》，就会明白，它其实就是小说版的"了不起的菲茨杰拉德"。就像他总忍不住要写泽尔达式的南方姑娘一样，他也总是忍不住要写自己。这既是他的特色,也是他的局限。

贫民青年盖茨比和富家少女黛西的爱情,就是菲茨杰拉德和泽尔达的爱情的翻版。这份不适宜的爱当然会夭折,但是,正如菲茨杰拉德没有放弃泽尔达,盖茨比也对黛西念念不忘。也同菲茨杰拉德一样,盖茨比通过个人的顽强奋斗获得了成功,借助财富重新"赢回"了黛西的爱。还是同菲茨杰拉德一样,盖茨比在短暂的幸福后仍不可避免宿命般的悲剧。这两人不仅情感相通、经历相似,在精神气质上更是同类。盖茨比身上有"了不起"的品质,菲茨杰拉德身上有"了不起"的才华。他们都拥有一种炽热的柏拉图式的情感追求,都相信凭借自己的努力和世俗的成功可以改变命运。从本质上来讲,他们都是单纯的人,单纯到会因为迷恋一个幻象、追求一种"美"而不顾一切,单纯到看不清别人更看不清自己,单纯到可以被自己制造的幻觉和理想所迷惑和麻醉。这样的人往往不幸,但他们身不由己,即使深陷巨大的痛苦也不能自制,更不能自拔。如海明威所说,这就像是生了一场病。可能就是因为看清了这一点,海明威才会在读过《了不起的盖茨比》之后,决心要做菲茨杰拉德的好朋友,尽力去帮助他。

算来《了不起的盖茨比》出版至今已九十多年了。九十多年来它几乎经历了现代文学批评所有派别和理论的检验,从最早的文本研究到新批评、结构主义,从性别解读、弗洛伊德心理分析到后现代主义、后结构主义,再到新历史主义、文化批评,不同的研究各有偏重也各有说法,但它们共同证明了一点:《了不起的盖茨比》经得起时间和阅读的考验。

在我看来，即便它不是一曲"爵士时代的挽歌"，没有描写"美国梦"的破灭，不曾揭示工业化和城市化进程中农业文明的衰败和传统信念的沦丧，未能写出美国东西部的差距以及梦想和现实的冲突，也还是一部好看又动人的小说，讲述的是一个天真的理想主义者追逐梦想遭遇毁灭的故事。其实，它的故事本身并不特别，情节也算不上曲折，那致命的误会和最后的枪杀也并无多少新意，但架不住菲茨杰拉德写得精心、精细、精美，小说就像被施了魔法一样变得光彩熠熠起来。那独特而自如的旁观者叙事，那张弛有度的节奏，那紧凑完整的结构，那生动鲜明的人物，那自然又深邃的象征，尤其是那精练通达而又优美动人的语言，都在向你保证，这确实是一部卓越的小说。怎么说呢，菲茨杰拉德就是有这个本事，不仅能写出动人心魄的美，还能将这些美如优雅的明信片一样清晰明朗地呈现在你眼前，然后再印在你的脑海。无怪乎詹姆斯·乔伊斯会认为《了不起的盖茨比》是"真正用英语写的为数不多的小说之一"。

对于中文读者来说，一个无奈的遗憾是，很难从译文中完整地领略原文那种月光泻地般的洁净澄明之美。所以，如果你懂英文，一定要读一读原著，而且，如果有可能，最好是听一听朗读版的原著，如此你就能真正体会《了不起的盖茨比》的文字魅力了。

敲门的不是邮差，是命运

一部小说和几部电影

1927年3月，纽约一本快艇杂志的编辑艾伯特被人勒死在家中。随着调查的深入，警方逮捕了艾伯特的妻子、31岁的金发美女露丝·斯奈德，同时被捕的还有露丝的情夫、内衣推销员贾德·格雷。为了脱罪，两人在法庭上激烈地互相指证，露丝说一切都是贾德指使和设计的，贾德则说露丝在认识自己之前就曾经七次设计谋害艾伯特。陪审团最后索性将两人都送上了电椅。这就是震动全美的斯奈德－格雷案。在从庭审到处决的数月间，纽约的各种小报对案件进行了连续的追踪和调查报道，故事版本层出不穷，真假莫辨，堪比最精彩的小说。到了1934年，斯奈德－格雷案真的被改写成了一部小说，这就是《邮差总按两次铃》。

《邮差总按两次铃》一举成功，极为畅销。尤其是在加拿大和波士顿以"过分渲染色情和暴力"为由将之列为禁书之后，其知名度和销量更是大增，简直成了"美国出版史上第一部超级畅销书"。当然，它的成功绝不仅仅是商业上的畅销，更在于它优秀的文学品质。作为二十世纪百部最佳英文小说之一，《邮差总按两次铃》被公认为"硬汉派"小说的巅峰之作，至少被翻译成了18种语言。法国著名作家、诺贝尔文学奖获得者加缪就曾明言，没有《邮差总按两次铃》，就没有他的代表作《局外人》。也是因为这部作品，詹姆斯·凯恩才成为美国当代重要的作家之一。

詹姆斯·凯恩，对于中国读者来说，这个名字可能算不上熟悉。文学界常把凯恩和达希尔·哈米特、雷蒙德·钱德勒放在一起，统称为"硬汉派"小说的大师。但是凯恩本人对此不以为然，否认自己属于任何流派。他喜欢自称新闻工作者，业余写写小说。确实，他做过报道记者、战地记者、报刊编辑、社论撰稿人以及《纽约客》的执行主编，还当过新闻学教授，可以说他的写作生涯是从新闻行业开始的。40岁时凯恩迁居好莱坞，改行当起了电影编剧。有意思的是，这一转身并不华丽，因为此后他始终没有成为一个成功的编剧，后来，他的第一部长篇小说《邮差总按两次铃》出版了，不成功的编剧凯恩成了一个成功的作家。更有趣的是，他自己写出的电影剧本都不过尔尔，根据他的小说改编的电影却都成为经典。《邮差总按两次铃》先后四次被搬上荧幕，1946年的首个版本由当时的大明星拉娜·特纳和约翰·加菲尔德主演，1981年的版本则由巨星杰克·尼科尔森主演，不用说，它们都是很有影响的电影。凯恩的另一部小说《双重赔偿》由雷蒙德·钱德勒执笔改编成同名电影，现在已是惊悚片的经典之作。而这些电影的剧本没有一部是凯恩亲自操刀的。

冷硬的"零度写作"

以斯奈德-格雷案为蓝本,《邮差总按两次铃》从男主角格雷的角度,讲述了两个人如何相遇、相爱,如何合谋、逃脱,又如何互相猜疑、相互折磨直至最后被命运所惩罚的故事。一句话剧透:这是一个即将赴死的杀人犯的回忆录和忏悔录。别担心,《邮差总按两次铃》不是那种一旦知道故事内容就让人失去了阅读动力的小说,它强烈的悬疑效果并不是靠未知的谜团来营造的,它是以快速有力的节奏、出乎意料的情节、大量留白的对话和收敛到让你不知下一步指向何处的笔法,来促使你一口气读完的。

千万不要因为它的犯罪题材就判断它有多么血腥,也别因为它曾被禁就想象它是真的露骨。现在看来,它根本称不上"暴力和色情"。凯恩对这些东西毫无兴趣,所谓的"色情"其实只是无法控制的感情流露,所谓的"暴力"其实只是冷静地直陈死亡。在凯恩简洁硬朗的笔触之下,这些元素和色彩别说是泛滥成灾,想被渲染都不太可能。小说受到这般"欲加之罪"的指责,可能是受凯恩硬冷的写作风格的影响。《邮差总按两次铃》是"硬汉派"小说典型的"零度写作":句子精简生动、直接有力,节奏迅速铿锵、干脆利索,语调冷淡、冷漠,带着粗糙的重金属质感,绝不多交代一句。整个叙述就像是一位"冷酷无情"的硬汉在说话。这种极简主义的写实,读起来会产生一种粗暴无情的错觉。但,这真的只是错觉而已。

冷硬的只是表面的文字风格。《邮差总按两次铃》最让人心动、心悸的，是从文字背后透露出的那些"黑色"的东西。那种宿命般的绝望和无奈，那些黑色幽默式的荒诞和反抗，那不顾一切之后的恐惧和怀疑，还有那甜蜜和残酷相结合的爱情及命运。它们看起来简直让人心碎，但这心碎又是淡淡的，因为，你不会完全绝望，你同时还在冷漠中看到了同情，在无情中看到了悲悯，在嘲讽中看到了真挚，在怀疑中看到了相信，在绝望中看到了渴望。而这些，比冷硬的文字更有风格，也更动人。

一个爱情故事

你可以说《邮差总按两次铃》是"黑色小说"，也可以说它是"硬汉派"犯罪小说，都不算错，但是不能说它是"硬汉侦探小说"或"侦探小说"。这么说不仅号称"从不写侦探小说"的凯恩会愤怒，读者也不会乐意。因为《邮差总按两次铃》写的虽然是犯罪题材，但一点儿也不"侦探"。

通常的侦探小说是从侦探的视角出发，经过一个解谜的过程，必然地通向一个水落石出的真相和结果，其书写的中心是事件。《邮差总按两次铃》则是从罪犯个人的角度来介入，真相从来就不是谜团，结局也从来不是目的，它书写的中心是人，是你"在停车场碰到过的那些沉默不语的人"。他们的内心和情感，简单到一目了然，又复杂得难以说清。他们自私，贪婪，残忍，却又脆弱，恐惧，绝望；他们愚蠢，但渴望美好；他们孱弱，但试图反抗命运。在命运来敲门的时候，他们被欲望所操控，做出了最坏的反应,由此半推半就地掉入命运的陷阱,万劫不复。因为有他们,《邮差总按两次铃》就不可能是个简单的类型小说。

而我更喜欢将之称为爱情小说。凯恩喜欢写爱情故事,《邮差总按两次铃》中这个"黑色"的谋杀事件,归根结底也是一个爱情故事:一个男人,爱上一个女人,两人为了在一起而不顾一切,因为贪婪而犯罪,最终共同灭亡。死亡虽然来了,爱情却还是不走。这样的爱情,既甜蜜又丑陋,既坚定又可疑,既真挚又肤浅,既不堪一击又矢志不渝。它是凶残的,也是诚实、诗意的,真的就像是"一首用小报谋杀案写成的诗"。

你可能注意到了,到目前为止我们还没有提到邮差。在《邮差总按两次铃》中,压根儿没有什么邮差出来按铃,就像在《月亮和六便士》中并没有出现月亮和六便士一样。那为什么小说要叫这个名字呢?光看这个名字,你简直无从猜想小说写的是什么,它到底是什么意思呢?据说是这样的,凯恩曾想给小说取名为《户外烧烤》,但后来他从斯奈德-格雷案的庭审信息中获得了灵感:露丝偷偷为丈夫买了个人意外保险,她和邮差约定,送邮件时按两下门铃,这样她就会来开门,以免艾伯特开门拿到邮件发现真相。由此凯恩将小说定名为《邮差总按两次铃》。这个特别的甚至显得有点儿莫名其妙的名字虽有真实情由,与小说内容却无直接关系,但不知怎么就让人觉得跟小说完美契合。仔细想想,好像小说中的事件都在应验"两次"之说:弗兰克两次来到双栎酒店,弗兰克和柯拉两次对尼克下毒手,两次审讯,两次车祸,两次死亡,甚至还有两只猫。除了数字上的契合,这个名字似乎还另有深意，或许是暗示命运之神就像来按两次铃的邮差，会给你送来无法预料又无法拒绝的命运。至于为什么是两次，也许是在说明宿命，一次可以侥幸，两次就无从逃脱。当然，这些可能只是解读者的附会和联想。但是，你得承认，这真是个引人遐想的好书名，既神秘又亲近，既高雅又通俗。据说小说一度还想定名为《水灵灵的娘儿们》，谢天谢地，最后没有真的叫这么可怕的名字。

在没落世界里的迷失和寻找

什么样的莫迪亚诺

随着瑞典文学院将2014年诺贝尔文学奖颁给法国作家帕特里克·莫迪亚诺,新一轮的众说纷纭又热火朝天地开始了:有人说莫氏三十年前就该得奖,如今终于等到迟来的公正;也有人说此奖颁给莫迪亚诺,是追悼一个文学流派的没落,是诺奖本身已经衰退腐朽的表现。有人认为瑞典文学院慧眼识珠,莫氏实至名归;也有人认为莫迪亚诺和村上春树一样,始终差那么一点诺奖的"重量"。有人在这边大喊对莫氏早已熟识和热爱,也有人在那边暗暗疑惑谁是莫迪亚诺。

那么,这位诺奖得主到底是什么样的作家?

对于中国读者来说,这位犹太裔作家还真不能说是"完全的陌生人"。早在二十世纪八十年代,莫迪亚诺的作品就已经在中国现身,先是有百花文艺出版社于1986年出版的《暗店街》,随后有世界知识出版社于1987年出版的《青春狂想曲》(《一度青春》)。到了九十年代初期,法国文学翻译大家柳鸣九先生主编的"法国廿世纪文学丛书"索性两次推出莫迪亚诺的小说集,分别收录了六篇莫氏小说:《寻我记》(《暗店街》)、《魔圈》、《夜巡》、《一度青春》、《往事如烟》、《凄凉别墅》。在花城出版社和今日中国出版社分别出版了《八月的周日·缓刑》《八月的星期天》之后,译林出版社也推出了《暗铺街》(《暗店街》)。此后的一二十年间,莫氏作品的新译本和新译作更是层出不穷、小有规模。可以说,在中国的文学舞台上,莫迪亚诺不是一个一晃而过的无名"龙套",他屡屡登台,反复露面,足以说明他段位不低,早已成"角儿",自然会赢得一批读者。更何况还有王小波的得力推介呢。在小说《万寿寺》中,王小波描写了莫迪亚诺的《暗店街》,引用了那句著名的"我的过去一片朦胧"。以王小波对文艺青年的影响力,这般的引用和介绍,便是对莫氏权威性的肯定,同时也是对莫氏最好的广告,为莫氏带来了不少的文学拥趸。

当然,莫迪亚诺在欧洲,尤其是在法国,比在中国要著名得多。不提什么"当代最伟大""无与伦比"等赞誉之词,就实实在在地说,他也是一位作品非常畅销、拿奖拿到手软的作家。要说畅销,可以《青春咖啡馆》为例,此书在2007年出版后,两周内便销售十万册,可谓惊人。要说拿奖,他先后获得过罗歇·尼米埃奖、费内翁奖、法兰西学院小说奖、图书商奖、龚古尔奖、法国国家文学奖等诸多我们听说或没听说过的奖项。莫氏还有一点儿很牛的地方就是写起来手快,几乎每一两年就出一部小说,如此坚持了四十来年,迄今已经有三十多部作品面世。更牛的是,这些作品被认为"质量非常平均","几乎都在同一水平"。这样的作者当然会有大批的忠实读者紧紧追随,甚至有人将等待莫迪亚诺新作出版视为人生的幸福之一。因此,如果听到诺贝尔文学奖委员会秘书恩道尔宣称他已经读了四十年莫迪亚诺的作品,请不要吃惊;如果听到诺贝尔文学奖评委会主席韦斯特伯格说他多来年读完了莫氏的所有作品,也请不要吃惊。他们,不过是无数"老读者"中的两个而已。

外表相像内心不同的姐妹

这么牛的莫迪亚诺到底写了些什么呢?"他用记忆艺术,引出最难捉摸的人类命运,揭露了纳粹占领时期的生活世界。"这是瑞典文学院给他的颁奖辞,也可以视为对莫氏作品的总论式评价。不过,与其这么寻章摘句地引用和宏观大论地总结,不如在具体的阅读中细致地讨论和了解。

在我们的印象中,一个作家获得了诺贝尔文学奖,他的作品通常会很"深",深刻、深厚、深沉、深邃,甚至深奥。可是,小说要是"深"起来,要么是挑战自己的可读性,要么就挑战读者的阅读能力和耐心,让人心生畏惧。幸运的是,这个世界总有例外。莫迪亚诺的小说,基本上都清透、好读。他的语言简练,富有诗意,又很传神。结构清晰明朗,内容却扑朔迷离。讲述干脆利落,情节却出人意料。永远有悬念引导在前,总是有神秘而动人的气氛。大量留白,却有无尽意味。这一切让他的小说生长出一种"清简"的气质,散发出让你一口气读完的魅力。

莫迪亚诺总是在写类同或相似的内容,很容易给他的作品找到标签:迷失、孤独、悲怆、追查、寻找、流浪、青春、回忆、"罪恶"的秘密,来历不明者、街道,还有他心中的巴黎。这些标签反复组合成了相似的格局、相似的人物、相似的事件、相似的情绪和感觉，于是就有人诟病莫迪亚诺自我重复太严重，就像始终在写同一本书。但是，如果你真的去读了，就会发现，这些书即便相似，也绝不相同。就如恩道尔所说，莫迪亚诺的小说就像容貌相似但内心截然不同的姐妹。你了解了其中之一，绝不等于了解了她们全部。而且，你不会因为作品的相似而变得麻木，那些打动你的，还会一遍一遍地打动你；那些吸引你的，也还是一次一次地吸引你。

不过，要在这些"姐妹"中挑出一个作为莫氏家族的代表，还真不容易。我就在《暗铺街》《八月的星期天》和《青春咖啡馆》之间犹豫了很久，最终以阅读的愉悦度为标准，勉强作出裁决，选择了相对更为简练、节奏更紧凑、更挑战反应速度、悬疑度也更高的《暗铺街》。

《暗铺街》：简单中的丰富和复杂

一个在德国占领时期丧失了全部记忆的男人，在多年后成为一名私家侦探。为了寻找自己的真实身份，他根据蛛丝马迹，追查了一个又一个证人，一幕一幕地拼接过去，一点一点地挖掘历史，也一步一步地走向真相。

这是《暗铺街》所讲述的故事。莫迪亚诺采用了类似侦探小说的形式，把这个故事讲得紧张刺激、悬念迭出。他毫不废话，行动迅速，马不停蹄地领着男主角居伊，还有我们，从一个线索扯出一个人物，然后从这个人物再扯出下一条线索。他不停拉开一道又一道幕布，让我们看到一个又一个场景。每一次你都以为即将终场,可是,幕布之后还有幕布,场景之后还是场景,水落石出的结局迟迟没有出现。是的,有些事情的真相确实被层层剥了出来,比如,居伊曾经用过什么假名、做过什么工作、遇到过哪些人,大家曾经承受了怎样的压力、不安和惶恐,还有德妮丝是如何失踪、居伊是因何失忆的。但是,这些真相又有多大的意义呢?那些人已经各自飘零,战争已经过去,往事渐渐消失无踪,回忆也变得似真似幻,而德妮丝仍然不知所终,居伊仍然不知道自己到底是谁。

就在居伊决定回到旧日住址暗铺街去做最后的查询时,故事戛然而止,真相和历史戛然而止。

除了这个失忆的故事,你还能从《暗铺街》看到什么?或者说,你真正看到的,是什么?对,就是瑞典文学院给莫迪亚诺的颁奖词里所说的,是"最难捉摸的人类命运"和"纳粹占领时期的生活世界"。所以莫迪亚诺在小说中反复表达:人的一生,就是这样无法定位、无法理出头绪;所以他在小说中反复强调"我们生活在一个奇怪的时代"。《暗铺街》完美地阐释了那句颁奖词。

但是,仅此而已吗?

不。《暗铺街》获得龚古尔文学奖之后,莫迪亚诺在接受采访时说,自己力图写出一个没落的世界,而法国被德国占领时期正提供了这样的一种气氛。但是实际上,他所要表现的却是今天世界的一个极度扩大了的形象。他做到了。除了那个没落的世界和奇怪的时代,《暗铺街》还表现了具有更广泛意义的寓意。

比如说,存在,无根无依的存在状态。有多少人像居伊一样,生活在一片广袤无垠的开阔地中,找不到自己的方位标,只能在时间长河里往回追溯,以寻找自己的根源,从而确定和支撑自己的存在?

比如说,自我。又有多少人像居伊一样,丢失了真正的个人身份,只剩下一个名字和一些关系,只能依靠他人来标示自己,就像一缕不成形的蒸汽、一个没有面目的"海滩人"?

比如说,生命的虚无。曾经的生命历程如此迅速地烟消云散,甚至了无痕迹,只留下越来越飘忽的记忆,我们能抓住什么、找到什么呢?最终,"我们的生命不是和这种孩子的悲伤一样迅速地消逝在夜色中吗?"

这就是蕴藏在莫迪亚诺的简单里的丰富和复杂。而莫迪亚诺的天分也就在于,寓这种复杂于简单的表达之中。

奥斯特的奇遇世界和空旷舞台

好看的"满汉全席"

作为一名作家,保罗·奥斯特是一个特异的存在。

在保罗·奥斯特身上,贴着许多又响亮又漂亮的标签:从存在主义、象征主义到现代、后现代,从侦探、悬疑、惊悚到畅销,从"穿胶鞋的卡夫卡""贝克特、博尔赫斯、艾柯的影子"到"与约翰·巴思等当代达人并称"。被如此命名和类比,对于一个当代作家来说,真有些"无上荣耀"的意味。试想,能将通俗和高雅,将现实和抽象,将卡夫卡、贝克特、博尔赫斯、艾柯糅合在一起,也就意味着将好看的故事和荒诞、寓言、迷宫、谜团、多义的意象、玄思匡辩、语言认知和言辞游戏等诸多元素与技艺糅合在一起,那是什么样超常的能力,又是什么样耀眼的效果?

在许多人看来,保罗·奥斯特就是这么优秀。他们说他"技炫当世",说他"开创了一种全新的小说叙述方式",说他是"我们这个时代最具特色而罕见的作家",还说他"将会作为我们时代最伟大的作家之一而被记住"。所以,美国人颁给他莫顿·道文·萨伯奖、约翰·克林顿文学杰出贡献奖、《纽约时报》最佳小说和年度原创小说奖;法国人颁给他美第奇外国小说奖;西班牙人也忙不迭地给他颁发了号称"西语世界诺贝尔"的阿斯图里亚斯王子文学奖。更不用提有多少文学创作者和爱好者前赴后继、竭尽所能地要向他致敬了。

可是，在不断收获赞扬和推崇的同时，保罗·奥斯特也面对着同样多的批评和质疑。英国文学评论家詹姆斯·伍德就不无刻薄地说，保罗·奥斯特的创作能力，有着"无法解释原因"的欠缺，他的小说总是将"陈词滥调、借来的语言、中产阶级的愚行和现代派及后现代派文学复杂地结合在一起"。即便是不像伍德这般严苛的评论者和读者，对于将保罗与卡夫卡、博尔赫斯等大师相提并论，也有许多不以为然：保罗·奥斯特有博尔赫斯的厚重和玲珑吗？有卡夫卡的痛苦和深刻吗？有艾柯的博学和高深吗？答案显然是没有。与大师相比，保罗·奥斯特未免有点儿轻飘和肤浅。从奥斯特复杂而精密的戏法和奇遇重叠的迷人故事中，他们看到了对叙事、元素、词语的迷恋和操弄，却看不到深切的打动人心的东西。更有人失望地指出，奥斯特的这些小说，从《纽约三部曲》《幻影书》《神谕之夜》到《隐者》，在风格、主题乃至叙事上都在重复同一个套路，不免缺乏创新和惊喜。

其实，以上两方面的评价并不像看起来那么水火不容，它们不过是从不同的立场和着重点来看待保罗·奥斯特的不同侧面，所以，没有谁对谁错，它们都自有道理。的确，保罗·奥斯特的风格容易让人联想起那些大师，但同时他也有更具独特性的东西。他喜欢围绕着"追踪、侦查"的主题反复描述。他总有一个自我放逐的、游魂式的主人公。他的人物常常滔滔不绝地谈论文学和语言。他不停地布下大大小小的互文,执意让多层文本齐头并进。他偏爱语义不明的隐喻、含混隐晦的暗示和似是而非的哲思。他热爱意外事件和奇遇、巧合。他忍不住漫无目的又似有所指的闲笔。他还总会在最后推翻整个文本的真实性。深陷、囚徒和逃离,是他迷恋的意象。与世界疏离、内心空洞、自我迷失的作家,是他钟爱的形象。轶事、哑谜、典故,是他必备的元素。悄然转折、出人意料和戛然而止,是他拿手的好戏。他无法只讲述一个故事,他必须在故事里面套故事、再套故事,宛如俄罗斯套娃,而这些故事还要互相指涉、互相呼应。他不满足于老老实实的讲述,他要生发出更多的分叉,形成自己的语言迷宫。但同时他还要通俗与写实,这通俗与写实中还不能没有神秘和悬念,更不能没有抽象的哲思。所有这些叠加起来,让他的文本有一种满汉全席式的丰富和繁杂。

而在这一切之上,他还要把故事讲得好看、好读。

当然不容易,但保罗·奥斯特做到了。

人生不可解悟

《神谕之夜》是典型的奥斯特式小说,几乎体现了所有的奥氏特色。

大病初愈的作家希德尼偶然在中国人张生开的小店里买了一本蓝色笔记本。他着魔般地在笔记本上写下一个源自于《马耳他之鹰》的故事,故事的主人公尼克,带着一本名为《神谕之夜》的小说手稿离家出走,寻找新生,最后陷入地牢。在希德尼写作的九天时间里,发生了一连串或神秘或奇异的事件,这些事件同他的小说,似乎有某种难以言喻的关系。最后,希德尼毁掉了蓝色笔记本,付出了惨痛的代价,但也消灭了自己的心魔。

很难把这个故事总结得像原著那样清楚而迷人。这部小说不仅在故事里面套故事再套故事,而且,还用大量的注释从写作的当下来回忆过去,所以你会看到至少三层文本:希德尼和妻子格蕾丝当时的生活、尼克的故事、希德尼现在的各种回忆。此外,还有保罗·奥斯特额外奉送的许多相关和不相关的小故事:书稿《神谕之夜》主人公勒谬尔的故事、张生的故事、约翰的故事等。所有这些故事有时齐头并进,有时交错进行;有的跨越了时间的阻隔,有的跨越了空间的距离。所以,要完整地重述这部小说简直是不可能完成的任务。

现在就必须说一说保罗·奥斯特的叙事才华了。他在《神谕之夜》中的路数是,虚构出一个作家,让这个作家再虚构自己的人物和故事,然后用情节的呼应和神秘的暗示将层层虚构连接起来。不必担心多层的文本会让你眼花缭乱不知所以,保罗·奥斯特玩起这些所谓的"元叙事"来,得心应手,挥斥方遒。他在故事间自由穿梭,忽而从希德尼的故事直接跳入尼克的故事,行云流水般讲起了尼克的遭遇;忽而又跳出来,煞有介事地告诉你希德尼打算怎么来虚构尼克的故事。总之,你能非常清晰地分清楚希德尼的故事和尼克的故事,但是,你有可能会产生两者都很真实的错觉。因为它们之间的衔接和转换,是如此自然、流畅,又如此契合一体、天衣无缝,因而也更加真假难辨。你不仅会忘了希德尼的故事是奥斯特的虚构，也会忘了尼克的故事是希德尼的虚构。

　　这就是保罗·奥斯特的俄罗斯套娃。它们栩栩如生，又简单易懂，因为奥斯特的描绘清晰而简练。但是，它们又奇异而扑朔、暧昧而神秘，带着恍惚的悬念和隐约的魔幻。比如，你不禁会怀疑那蓝色笔记本具有什么魔力，你一直在揣测格蕾丝的异常举动背后有什么玄机，你也无从预料希德尼和尼克的命运下一步会出现怎样的转变。吊诡的是，这些神秘和悬疑，保罗·奥斯特是用一种率直而实在的笔调写出来的。可能因为太想讲得好看，故事中不免有稍显牵强的转折和生硬的安排，但奥斯特还是用这些故事清晰地写出了意味，明确地写出了玄虚，扎实有力地写出了难以理喻和空灵。

　　但是，一切到此为止。关于《神谕之夜》，似乎没有更多的东西可说了。这也是保罗·奥斯特小说的一个特征，你感觉到它的意味，但是你说不出那是什么、意味着什么。除了奇遇的故事，它好像打定主意不告诉你更多的东西。你也很难升华它的意义，什么生存境况的追问、自我身份的追寻、现代心灵的迷失、自我救赎的挣扎，都未免牵强。它从头到尾华丽丽地说了很多，说得娓娓动听，又好像什么也没有说，什么重大问题都没有解决。它有精巧的花样和精心的雕琢，却没有沉实可感的精神内核。它的灵魂似乎漫不经心，虚无缥缈。不过，话说回来，这又有何不可呢？说得再多又能如何？毕竟，"人生不可解悟"。

　　在《幻影书》中有这么一个场景：海克特看到一块漂亮的蓝

色石头,以为是蓝宝石或者雕花玻璃,但是当他伸手去摸的时候,发现那只不过是被灯光照耀的一团气泡。奥斯特的小说有点儿像这块蓝色石头,漂亮,耀眼,迷人,但是建立在幻影之上。这也正是保罗·奥斯特被诟病的"轻飘"和"肤浅"。

尖刻的纳博科夫曾有言:博尔赫斯远看是一个很壮观的城堡,当你走近,再走近,会发现里面是一个空旷的舞台。现在看起来,这句评价好像更适合保罗·奥斯特。写作似乎是他玩游戏的舞台,他精心营造了一个绚丽的奇遇世界,自己在里面不亦乐乎地玩起了文字游戏。

没有伤痛不可治愈

《断背山》之外

知道安妮·普鲁，是从电影《断背山》开始的。

很多人都知道《断背山》。它让华裔导演李安获得了奥斯卡最佳导演奖，也让"断背"成为一个专有名词响彻街头巷尾。但是，也有许多人不知道，这部电影改编自同名短篇小说，而这篇小说又收在一本名为《近距离：怀俄明故事》的小说集中，它的作者，就是安妮·普鲁。

其实，在被《断背山》的荣耀波及之前，安妮·普鲁就已经是当代美国文坛颇受瞩目的作家了。如果我们俗一点，用奖项作为衡量标准，那么，安妮·普鲁绝对是重量级的作家。她获得过美国几乎所有的重大文学奖项：1988年的第一部作品、短篇小说集《心灵之歌及其他》获得了欧·亨利文学奖；出版于1992年的第二部作品、长篇小说《明信片》，荣获1993年的福克纳小说奖；第三部作品《船讯》于1993出版，在摘得当年美国国家图书奖的桂冠之后，又斩获1994年的普利策小说奖，此外还获得了《爱尔兰时报》国际小说奖和《芝加哥论坛报》心园奖。前面提到的《近距离：怀俄明故事》在1999年出版之后，又为她再次赢得了欧·亨利文学奖。

当然，获奖并不意味着无可置疑的优秀。但是，能够连续获得这些重要的专业奖项，至少能在一个相对权威的标准上，表明文学界对安妮·普鲁的认可和接受。

认可和接受她的不仅仅是读者和文学奖的评委，还有电影界人士。由安妮·普鲁的小说改编的电影，除了著名的《断背山》，还有一部相对不那么著名的《航运新闻》，也就是《船讯》，2001年上映，由凯文·史派西、朱利安·摩尔、朱迪·丹奇、凯特·布兰切特联袂出演。从这重量级、实力派的演员阵容就可以看出，这也是一部备受重视、颇有影响的电影。电影固然出色，但是，坦率地说，远没有安妮的小说原作那么精彩。

气场强大的女作家

安妮·普鲁是一个会让人产生错觉的作家。

当你打开她的书，看到一个个简练、粗犷的句子迅疾有力地扑面而来，就像一块块棱角尖锐的岩石呼啸着直扑命门，你会下意识地以为它们来自一个海明威式的硬汉。当你看到她笔下辽阔荒凉的怀俄明、神秘诡丽的新西兰大海，那大开大合的视野和磅礴奔放的气势，让你想象不到它们是源自一位老太太的胸襟和情怀。当你看到那些粗鄙乡野和衰败城镇，那些小人物、失败者、边缘人、畸零人，诸种特异的人文风情和严酷的人生故事，你也很难意识到这是一位女性作家的手笔。如果你读出了她的冷静和从容，请不要认为那是冷淡漠然，她不过是把激情隐藏在克制之中，就像冰层下面有烛火在幽幽闪烁。如果你注意到她总是语带讥诮,直捣伤痛,请理解那不是冷酷无情,那是源自热爱,源自一种心碎式的深情。因为她明白,有时必须刮骨才能疗毒。而你也知道,只有爱之深,才会责之切。

所以,读安妮·普鲁的作品,没有那种轻松的愉悦。她描写充满艰辛、不乏苦寒的底层生活,从不提供繁华热闹的人间胜景。她不游戏和佻达,总是老老实实地讲故事,不挑战读者的智力,却考验读者的耐心。她不刻意深沉,没有娓娓动人的情感表达和鞭辟入里的心灵拷问,总是那么简洁而直白。她也不追求华丽和炫目,即便是大起大落和奇情异事,在她写来,也还是那么平实和镇定。因此,她看起来不免有些冷酷、简单和粗暴。而且,她不会局限于故事和传奇,她还要写出风土人情,写出历史传统和社会现实,写出命运的无常和人心的叵测,所以,她又有一些荒诞和象征。但这些并不意味着对她的阅读就是艰难的、无趣的。她会带给你另一种愉悦,这愉悦来自遒劲粗犷、大浪淘沙般的语言,来自扎实干脆的笔锋和独特锐利的眼光,来自阔大的视野和磅礴的气势。她自有一个新异的世界来让你探险和猎奇,以一种独特的方式来满足你的情感和需求。如果你是无意中读到安妮·普鲁,你会遭遇猝不及防的震撼;如果你是慕名而来有所准备,你也照样会陷入预料之中的强大气场,体会到传说中的风格和魅力。

冷热之间的《船讯》

《船讯》是一部又冷又热、虽冷实热的小说。

它的主线讲述了这样一个故事：外貌粗陋、性格愚钝的奎尔，是纽约一家不入流小报不太合格的记者。他的上司对他呼之即来挥之即去，他深爱的妻子对他不忠、憎恨和蔑视，他的父母对他完全地忽视和否定。虽然奎尔对命运逆来顺受，但他假装拥有的世界还是要倒塌。在形同虚设的家庭、事业和所谓爱情全部完结之后，奎尔带着两个幼女，跟随陌生的姑妈回到了从未去过的故乡纽芬兰。在这个似乎与全世界都不同的海岛上，故事重新开始了，奎尔竟然渐渐地找到了人生的方向，也找到了信心和自我。

这显然是一个"治愈系"的故事。但安妮·普鲁没有把它讲成温暖的心灵鸡汤。她用稍带讥讽、一针见血的语言，毫不留情地将奎尔抛入绝望的困境和巨大的悲痛之中。在简略又淋漓尽致地勾画出奎尔前半生所生活的那个冷酷无情的世界之后，她又不动声色利索而决绝地把这个世界毁得一干二净。然后，她把奎尔，也把我们，推进了一个全新的世界。

这是一个怎样的世界啊，它神奇神秘，充满鱼腥味、海腥味。它寒冷严酷，又荒凉衰败。它辽远阔大，也野蛮血腥。这个世界由大海、船只、绳结、冰山、迷雾、岩石和渔民所构成。它有惊天的海浪、连绵的暴雪和持续的飓风，还有极地旋涡、气候光和雾虹。它有残酷的、艰辛的历史和黑暗的、扭曲的传说，还有混乱落后又带着生机和希望的现在。在这里,房子会用钢索拴在岩石上,会整栋地用雪橇从冰上搬运,还会在一夜之间被狂风刮进海里。这里有无数的船只失事沉没,无数的龙虾、鳕鱼、海豹被捕捞和猎杀,还有无数的渔民和船员躺在海底。这里发生过许多兽性的伤害和原始的罪恶,养育了许多无所惧怕也无所敬畏的灵魂,还滋养出一种不惧艰险、坚韧顽强的生命力。它显然不是理想的疗伤之地,但它最终成为奎尔的救赎之所。

安妮·普鲁用奎尔做引线,一个牵出另一个地让我们认识了这个世界的老老少少、祖祖辈辈。从杰克和丹尼斯,我们认识了嗜海如命的"水狗"家族;从比利老头,我们知道了加拿大历史上那些当牛做马的养育院孤儿,也知道了奎尔那发海难财的卑劣先辈。从荒蛮、艰苦、淳朴的渔耕时代到繁华、便捷、混乱的现代社会,有一些人已经离开,有一些人想要离开,还有一些人永远也离不开。围绕着这些人,安妮·普鲁又向我们展开了这个世界的前世今生:人们经历过什么样的海难、事故和风暴,曾犯下怎样的罪行和邪恶,经受过哪些苦难和考验,如今又面临着什么样的困境和选择。在恶劣的天气和恶化的环境之中,在渔场倒闭、工业化失败的夹击之下,在渔民的传统和政府粗暴管制的矛盾之间,在历史和现实的交会之处,人们用直觉、本能和原始的生命力,寻找着生存之路。

随着奎尔对新世界的渐渐适应,我们也渐渐地从安妮·普鲁的严酷中感受到了温热。奎尔安顿了下来,奎尔有了温馨的爱情,奎尔变得自信和自如,奎尔的船终于做好了,世界的体温也随之从零下升到零点再到零上,然后生命纷纷解冻,你竟感受到了融融的春意。在杰克复活的那一刹那,盛夏来临,安妮·普鲁的冰冷全面倒塌,袒露出她喜剧性的热烈。这时,除了感到她无法克制的热爱,你还会发现,世界上没有不能治愈的伤痛。

如果奎尔能被治愈,我们为什么不能呢?

道是无情却有情

不知名的著名作家

作为一个普通人,理查德·耶茨的一生,就像他小说中的人物一样,潦倒、凄凉而孤独。像他这样出生于1926年的人,幼时自然难逃经济大萧条的影响。再加上父母离异、母亲酗酒,他童年的艰难可想而知。在流离失所或饥饿难耐之际,精神状况不稳的母亲会对着他和姐姐高声朗读《远大前程》,不知这戏剧化的场景对耶茨而言,是一种痛苦、一种激励,还是一种讽刺。成年之后的耶茨似乎并没有远大的前程,只有接连的失意和坎坷。他辍学参军,经历了战争,染上肺结核后退役,在结婚之后靠着伤残补助金迁往欧洲。接下来的几年他心无旁骛地写作,不停地投稿,不断地被拒绝。然后,妻子带着女儿离开,他困窘得连房租也难以交纳,仍然一边抽烟一边写作,不写作的时候就酗酒。他受海明威影响,但菲茨杰拉德是他的偶像。从欧洲回到美国后,他先是在公司里做文字工作,为了生计去当枪手,又跑到好莱坞写剧本,后来又为当时的司法部部长写发言稿,还在艾奥瓦大学的作家创作班里担任过教职。在此期间,他曾再婚,又再次离婚。穷困和孤苦一直伴随着他,他的身心都在呼啦啦地垮塌。肺气肿让他连呼吸都困难,精神崩溃让他几度进出精神病院。但他始终不曾放弃写作,就像他始终不能放弃抽烟一样。即便到了不得不借助氧气面罩来呼吸的地步,他还是不停地抽烟,不停地写作。1992年,因为一次小手术引发的并发症,他那颇为典型的文人的潦倒人生就此终结了。

作为一名作家,他的境况除了凄凉,还多了尴尬。他先后出版了九本书,但没有一篇小说获过奖,所得的最高荣誉可能就是处女作《革命之路》同《二十二条军规》《看电影的人》一起进入了1961年美国国家图书奖的决奖名单。他的作品从不曾畅销,据说,没有一本书的精装本销量能超过12000册。普通读者对他的名字,也说不上有多么熟悉,按照《老爷》杂志的说法,他是美国"最不出名的著名作家之一"。但与此同时,他又被誉为"作家中的作家",相当一批作家尊敬他,推崇他,有的甚至学习他,其中包括名气远比他高的库尔特·冯内古特、安德鲁·杜伯斯、雷蒙德·卡佛和托拜厄斯·沃尔夫等。他还被称作"焦虑时代的伟大作家",被视为美国二十世纪三十年代至六十年代的代言人,田纳西·威廉斯、多萝西·帕克、朱利安·巴恩斯、琼·狄迪恩等作家对他的作品都是不吝赞美之词。但这些既改变不了他生前的潦倒,也阻挡不了他在身后被人遗忘。出版界首先放弃了他,他的书不久便纷纷绝版,从书店的书架上悄然消失。文学界也忘记了他,谈论他的评论家越来越少,知道他的读者也越来越少。美国文学史的书写中,也只有他的一丝掠影。最终,他成了"被遗忘的最优秀的美国作家"。

幸运的是,优秀的人从来不会被真正湮没。耶茨去世七年之后，美国小说名家斯图尔特·奥南在《波士顿评论》上发表了一篇名为《失落的理查德·耶茨世界》的评论文章，以洋洋数万言为耶茨大声疾呼。此后，耶茨逐渐回到了人们的视野，他的书开始一一再版，他的传记也面世了，越来越多的人开始谈论他、阅读他。

2008年，由耶茨的同名小说改编的电影《革命之路》将他的名气推向了高峰。这部电影由奥斯卡最佳导演奖获得者萨姆·门德斯执导，影星莱昂纳多·迪卡普里奥和凯特·温斯莱特主演。这对因《泰坦尼克号》而风靡全球的"金童玉女"在十一年后的再度携手，吸引了全球观众的眼球，再加上影片屡获各大奖项的多项提名，《革命之路》连同耶茨本人都受到了来自世界各地的关注。中国的读者也开始知道并阅读他的作品了。

有谁喜欢冷冰冰

没有强大的心理素质，最好别看《革命之路》。事实上，阅读任何一篇耶茨的小说，都要做好迎接灰暗的心理准备。因为，包含悲凉、惨淡和孤独于其中的灰暗，正是耶茨作品的主调。

《革命之路》讲的并不是人们如何走向革命道路的故事，而是一对年轻夫妇试图追寻新生却最终失败的故事：住在郊区革命之路尽头的惠勒夫妇，因为厌倦了平凡乏味的生活，计划去欧洲追逐梦想——弗兰克专职写作，爱波工作赚钱。他们的生活因此变得生机勃勃。但是，因为计划的渺茫和一次意外的升职，弗兰克渐渐动摇了去欧洲的决心，而爱波又意外怀孕。失望又愤怒的爱波决心反抗自己的命运，迎来的却是惨烈的结局。

　　故事很简单。一对夫妇和他们的邻居，是《革命之路》的人物构架。一次突发奇想的去欧洲寻梦的计划，是《革命之路》的事件线索。一次次夫妻间的谈话和争吵、一次次邻里间的交往和聚会，是《革命之路》的主要内容。除了爱波的死，没有任何惊心动魄的事件，也没有什么不同寻常的人物。然而，从这些普通人物和日常事件之中，你读到的是深入骨髓的绝望。这就是耶茨的可怕之处。

　　绝望来自哪里？不是来自弗兰克与爱波无法互相理解的分歧和没完没了的争吵、谢普和米莉一潭死水似的夫妻关系和循规蹈矩的生活，不是来自弗兰克对同事莫莉的虚情假意、爱波在麻木之中和谢普发生的一夜情，也不是来自弗兰克沉闷无聊的工作和爱波不知道自己是谁的迷茫。绝望来自被"精神病"患者约翰戳穿的真相：人们根本没有勇气去追求梦想；绝望来自爱波的清醒：曾经的爱和恨，不过是自欺欺人的幻觉，而梦想也不过是个一戳就破的肥皂泡；绝望来自无奈的失去：再也没有能力去真正地哭和笑、真正地爱和活着；绝望来自看不到希望：明白这一切之后，除了接受和忍耐，别无选择。就是这样，耶茨毫无迟疑地把我们推入了绝望的泥沼。

　　我们为什么如此感同身受？因为弗兰克、爱波和谢普他们，就在我们身边。他们的生活，就是我们的生活：忙忙碌碌，辛苦工作，经营家庭，照顾孩子，结交朋友，同时扮演着父亲和母亲、丈夫和妻子、同事和朋友等诸多角色。我们和他们一样，有过梦想和追求,向往爱和成功,却会被自私和软弱所打倒,内心的恐惧和犹疑远远多于勇气和行动。所以,他们在现实和理想之间的失落和迷茫,也是我们的失落和迷茫。耶茨让我们不得不承认,我们并无过人之处,也不可能是生活的宠儿。相比自己的期望和想象,我们在生活中更多的是被动、胆怯、愚蠢和自欺欺人。所以,即便我们厌倦了自己的生活,即便我们找不到生活的意义和价值,也不得不忍受下去。他还明白无误地告诉我们,最终我们会在忍耐中麻木、在孤独中妥协,会像谢普和米莉,在荒唐可笑中竭力装模作样;会像吉文斯太太和霍华德,一个滔滔不绝,一个悄悄关上助听器;甚至会像弗兰克,成为一个走着、说着、笑着的,没有生命的人。

耶茨看起来就是这么冷酷,简直比生活本身还冷酷。他写下普通人的孤独和悲伤、无助与失望,写得冷静客观,既不加评判,也不做修饰。同时又写得痛苦而绝望,既不给我们信心,也不给我们救赎。他就像上帝在云端,不过眨一眨眼,就让我们在人间痛得肝肠寸断。但是,他的内心真的这么残忍无情吗?不见得。能看到并写出生活中的惨淡和灰暗,能让我们对这惨淡和灰暗感同身受,就是他给予角色的最大的同情。

这样的耶茨也并不就是硬邦邦的。他的文字固然简洁明晰、不动声色,但是会耐心十足地叙述,从容不迫地推进,还会深入细致地渲染心理和描写感受。所以,他其实也是丰满的、细腻的。确实,他没有花哨的招数和特别的技巧,只有简单而传统的方式,但这就足够把刀子捅到你心里了。

可能对于很多人来说，耶茨笔下那未经粉饰的生活，是一种不能承受之冷。会有人喜欢这种冷，但这样的人不可能太多。也许这就是他的作品从不曾畅销的原因吧。

在情爱中反思罪责

醉翁之意不在情爱

《朗读者》是一本独特而动人的书。

故事是这样的:十五岁的少年米夏偶遇成熟健美的汉娜,两人陷入一场热烈甜蜜的忘年之恋。他们在一起时,除了沐浴、激情、相拥而卧,米夏还总为汉娜朗读书本,而汉娜总是听得入迷而动情。突然有一天,汉娜不告而别,从米夏的生活中消失无踪。当她再次出现时,却是站在审判纳粹分子的被告席上。米夏作为学习法律的大学生,旁听了对汉娜的整个审判,逐渐了解到她之前所隐瞒的双重秘密:她曾是集中营的女看守,她还是一个不识字的文盲。汉娜入狱之后的十数年间,米夏朗读了一本又一本的书,录下来寄给汉娜,却不对她说只言片语。汉娜在狱中努力维护自己的尊严,在出狱之日却突然自杀。米夏完成了汉娜的遗愿,但依然生活在汉娜的影响之下,始终铭记和思考着两个人的故事。

且慢下结论。这场年龄悬殊的不伦之恋,并没有什么肮脏龌龊的地方。它确实饱含了年轻而蓬勃的性爱,但完全没有汁水四溢、肢体横陈的肉欲气息。少年单纯炽热的情意和爱欲,自有一种清洁和纯净。而汉娜的真诚和坦荡,也冲走了邪恶和卑劣。他们的关系,有清水淋浴在前,有脆声朗读在后,不仅是肉体的抒情,也是灵魂的欢愉。在一次次的朗读中,两个人一起迈上了身心并行的旅程,让那些似乎伦理难容的差距和异常,变得自然而和谐。

但这并不是一本纯粹的爱情小说。出乎我们的预料,通过这场爱情浮出水面的,不是从道德伦理上对这一"畸恋"所进行的谴责或辩解,而是一些更让人震动的东西:集中营和纳粹罪行、庸常的恶和一代人的罪责,以及它们的后果和影响。是的,米夏和汉娜的情爱与纠葛就像小说的血管,通联全身,处处牵引。但在这血管里面流动的,是对罪责和承担、尊重和尊严、忏悔和宽恕、罪恶的历史和麻木沉默的现状、与父辈的关系以及与父辈所犯罪行的关系等一系列问题的追问、思考和反省。在《朗读者》中,情爱固然夺目,甚至刺眼,但并不是作者的醉翁之意,作者奔向的主题是比情爱更为复杂深刻也更为沉重严肃的东西:一代人该如何看待和处理上一代人的罪恶,又该如何反抗和摆脱这罪恶的阴影。在这样的题目之下,畸恋和性爱的内容就不会是无谓的噱头,而是作者用来进入历史的一个特别而惊世骇俗的切口。

真诚庄重的大义之作

从艺术性上来说,《朗读者》并没有特别出众的地方。它的语言似乎谈不上优美,从译文来看,既不格外诗意,也没有独特风格;既没有多么深邃,也称不上十分简洁。它的形式也很简单,全书以三个章节来划分米夏人生的三个阶段:少年米夏与汉娜的相识和相处,青年米夏与汉娜在审判期间的重逢,审判之后十多年间的沧桑变化。叙事方式也是单一的,整个叙述是以米夏的视角用回忆的手法依照时间顺序来推进的,因此也贯穿了统一的腔调。作者作为德国人,在行文中保持着一种德国式的沉稳、严肃、冷静和直率。他不慌不忙地从容道来,一边回忆一边讲述,一边感受一边表达,一边提问一边分析。米夏的欢愉和痛苦、疑惑和追问,都被讲述得理性而直白,还时时透出一种浸在骨子里的沉痛之感。因此,《朗读者》不仅不是华美精巧的,也不是轻松愉悦的。

但它却有种让人肃然起敬的力量。这力量可能部分来自它的真诚和庄重。面对那样骇人听闻的道德灾难和人性罪恶,真诚和庄重是最自然也最得体的态度。从一开始,米夏就自剖其心,他对汉娜的炽热的情和欲,他因为爱上有罪之人而卷入其罪的羞耻和自责,他不知道对爱人的罪行是该理解还是该谴责的矛盾和迷惑,他因为自己对汉娜的背叛和拒绝而产生的内疚与怀疑,还有他对一代人的罪责该如何面对和评判的追问与思考,他对麻木不仁和沉默不语的警醒与质疑,都以一种坦诚、敞开又真切的态度朗声说了出来、问了出来。作者把米夏的所感、所思和所察,从个体最细微的心思到人心最深处的幽暗,从最简单的愉悦到最痛切的责问,都不加修饰地摊在我们眼前,一丝不苟,也一丝不挂。作者,或者说米夏,不为人讳言,也不为己讳言;不为有罪的一代讳言,也不为清算上一代的这一代人讳言。他只是认真地观察,郑重地思考,沉痛地诘问,既不举重若轻,也不避重就轻。正是因为如许的真诚和庄重，米夏与汉娜不合伦理的情爱纠葛才能不带有一丝淫邪和轻浮。

所以，这是"深藏大义"的一本书。可喜的是，它既不枯燥乏味，也不深奥艰涩。它的故事虽然简单，但情感复杂，思虑深沉；语调虽然冷静，但充满了深情和苦痛。虽然它的题材非常德国化，但它会戳中所有曾经经受罪恶和苦难的人的心。还有那些曾经目睹或耳闻罪恶与苦难的人，那些曾经思考罪恶和苦难的人，也会为之内心颤动，甚至欲哭无泪。

独特的汉娜

虽然米夏是贯穿始终撑起整部小说的人物，但《朗读者》中的灵魂人物，无疑是汉娜。

作为罪恶机器上的一个小螺丝，汉娜严肃，认真，负责，同时又愚昧无知而冷酷。她并没有主观上的凶恶和残忍，在生活中甚至是个不乏良善的普通人，但确确实实犯下了难以宽恕的罪行。她挑选年轻柔弱的女孩子，保护起来，不让她们劳动，只为她朗读书本，但最后又会按规定把她们送进奥斯威辛的地狱之门。当"罪犯"们被困在着火的教堂挣扎求生时，她没有去打开大门，一半因为在混乱中没人指挥而不知道该怎么办，一半也出于"不能让他们跑掉"的责任感。应该说，对于集中营的"犯人"，她并没有偏见，更没有仇恨，但面对他们的悲惨境遇和无辜死亡，她显然无动于衷。一切的罪行，在她，不过是忠于职守。在工作和责任面前，自己的好恶和是非判断根本不重要，甚至,你就看不到她对此有明确的是非判断。

但是,这是她一个人的问题吗?事实上,几乎有整整一代人,与罪责脱不了干系。他们要么是帮凶,要么是为帮凶服务过,或者是没有制止施暴者,又或者,在后来没有把施暴者揭露出来。所以,当汉娜在法庭上针对当时特殊而具体的情况反问法官:要是你的话,你会怎么做?法官也做不出有说服力的回答,又有多少人能给出明确而具体的办法呢?作者通过汉娜再次向我们指出,在那一代人身上,普遍存在一种"平庸的恶",而做过罪恶之事的人,常常也并不完全是魔鬼。

在汉娜身上,并不是只有米夏父辈们的"平庸的恶",还有更为特别也更让人难忘的东西,那就是她那庄重的尊严感。身为文盲是她的无奈,更是她的羞耻,也是她严守于心的秘密。她放弃升职去参军做集中营的看守、她对米夏不告而别、她错过了一次次的澄清机会、她忍受被人诬陷、她在法庭上认下并非自己所犯的罪行,都是为了维护尊严,不泄露耻辱的真相。她如此固执地珍爱自我的形象,不顾一切地维护自己的尊严,因为她将之视作自己的真理和正义,为此她不仅可以闭目塞听,不顾利弊,甚至可以与全世界作战。而与这建立于自卑和羞耻之上的尊严感一体而生的,是对知识和文化的渴望与尊重,所以,她才会执着地要别人为她朗读,才会那么热爱听人朗读,朗读对于她,也才会如此美好。

就像米夏因为汉娜而改变了对父辈决绝清算的态度,我们对汉娜的感情也由此变得复杂起来。同米夏一样,我们对她的罪行,既想极力去理解和开脱,又无法不痛恨和谴责。我们想要原谅她,但她确确实实是有罪。想要审判她,她又实实在在可同情。她就是有罪的上一代的缩影,对她和他们,原谅与审判、理解与谴责,既不可兼得,又同时存在。同时她又是她自己,一个追求知识的文盲、一个热爱美好的罪犯,她是意味深长的矛盾,更是让人心碎而难忘的悲剧。所以,必须承认,作者关于朗读和文盲的新奇设置,不是剑走偏锋的招数,而是独具价值的神来之笔。

卡波特和《蒂凡尼的早餐》

奇异的卡波特

说起美国作家杜鲁门·卡波特，你首先想到的是不是小说《冷血》？对，《冷血》是杜鲁门·卡波特最著名、最有影响也最具历史地位的作品。他就是凭着这部"纪实小说"，在文学武林以力劈华山之势开创了"非虚构小说"这一门派，为自己打响了"非虚构小说鼻祖"的名头。但是你知道吗，还有一部声名不小的作品也出自杜鲁门·卡波特，那就是《蒂凡尼的早餐》。听到这个名字，你首先想到的，应该是奥黛丽·赫本。这位天使般的演员在《蒂凡尼的早餐》中穿着纪梵希黑色礼服的样子是如此深入人心，以至于《蒂凡尼的早餐》成了"奥黛丽的早餐"，没人再去关心原著作者是何方神圣了。

但是，据《蒂凡尼的早餐》日文版译者村上春树说，当初对于选择奥黛丽·赫本出演影片的女主人公，卡波特可是很不乐意呢，因为他认为赫本身上根本没有女主人公那种"惊世骇俗的奔放以及纯洁的放荡感"。且不说他的判断是否正确，只看最后的事实，更多的人因为奥黛丽·赫本而知道了《蒂凡尼的早餐》，不知道卡波特对这一结果是会表示感谢，还是会尴尬。

当然，这不过是卡波特人生中的一个小插曲。在这个作家身上,还有不少奇闻逸事。

1924年出生的卡波特在童年时就神奇地同时赢得了"低能儿"和"神童"两个称号。他五岁就能写文章,可是学习很差。老师认为他是低能儿,精神病专家却说他是神童。十二岁那年他参加作文比赛得了第一名,但十七岁就辍了学。1941年卡波特开始在《纽约客》杂志打杂。这时他虽已近成年,但身材矮小,只有一米六一,嗓音细声细气,长着一张"精灵般"的男女莫辨的娃娃脸,留着金黄色的披肩长发,有时会披一件晚礼服斗篷。他言语俏皮,衣着怪异,举止惹人注目,就像"鹦鸟一样奇特"。传闻《纽约客》的一个编辑第一次在走廊见到他时,曾失声大喊:"天哪,那是什么东西?"

干了三年勤杂工的卡波特,在一次诗歌朗诵会上冒犯了诗人罗伯特·弗罗斯特,被杂志社解雇了。其实也不奇怪,卡波特似乎非常擅长为自己树立敌人。他成名后有一次到日本旅行,采访了在那里拍摄电影的马龙·白兰度,写出了一篇名为《公爵在领地》的访谈录,文笔非常辛辣。白兰度看后勃然大怒,连声怒吼:"我要宰了那个混账小鬼!"听听,"小鬼",白兰度指的恐怕不是卡波特的年纪。

走过巅峰

卡波特二十岁出头就开始发表短篇小说。1946年,二十二岁的他因为短篇小说《米莱亚姆》获得了欧·亨利文学奖。二十四岁那年,他出版了长篇自传体小说《别的声音,别的房间》。这是一部哥特风格的作品，带有暧昧却又明显的同性恋色彩，书的护封背面的照片更是惹人争议：年轻却雌雄难辨的卡波特躺在沙发上，姿势挑逗，眼神撩人。可想而知，小说的内容和照片会在当时保守的美国引起什么样的争议，但无论如何，书是畅销的，卡波特也成名了。之后，随着短篇小说集《夜树》和中篇小说《草竖琴》等作品的面世，卡波特成为在文坛上与J.D.塞林格、欧文·肖、卡森·麦卡勒斯等人并列的后起之秀。社交界以热忱的姿态向这个怪异而讲究的青年才俊敞开了怀抱，而他也如鱼得水，乐在其中。

1955年，卡波特开始写《蒂凡尼的早餐》。但他并不专心，先是跟随一个黑人歌剧团跑到苏联，写出了"新闻特写体"的《缪斯入耳》，随后又跑到日本去得罪马龙·白兰度。1958年，《蒂凡尼的早餐》终于完成，在出版之后赢得了众声称赞，尤其是社交界的女性，更是争先恐后地宣称自己才是女主角的原型。

这时卡波特已经开始了他对"新闻文学"的探索。1959年11月16日，堪萨斯州霍尔库姆发生了一起一家四口被残忍谋杀的血案。两个星期后，卡波特赶到案发地进行实地采访。他访问受害者的邻居、家人和朋友，与司法人员和各方人士交谈，搜集了大量的资料，做了大量的笔记。两名凶犯被抓获后也同卡波特建立了紧密的联系，他们同他交心，对他倾诉自己的身世，在被执行死刑前，特别邀请卡波特前来送行告别。在身心投入了六年之后，卡波特终于"以小说的虚构手法"写出了这个真实案件，这就是《冷血》。从这篇小说开始，"非虚构小说"正式成为一种被认可的文学形式。

《冷血》获得了空前的成功,卡波特收获了巨大的名誉和财富。他为庆祝此书出版在广场饭店举行了盛大的舞会,前来捧场的权贵名流,有肯尼迪的母亲、夫人和妹妹,有亨利·福特二世夫妇,还有约翰逊总统的女儿和杜鲁门总统的女儿等。这场万众瞩目的舞会成了六十年代的传说之一。

《冷血》的热度过去之后,卡波特似乎再写不出像样的作品了。后来,他花费数年时间创作《得到回应的祈祷》,试图描写自己在社交界的见闻。作品没有成功,但卡波特却非常成功地得罪了自己的权贵朋友。因为此书暴露了他们的隐私,卡波特被逐出了"上流社会"。1984年,酗酒吸毒多年的卡波特在未满六十岁时去世。

"住在天空里"的郝莉

相比《冷血》的厚重,《蒂凡尼的早餐》就像一部轻盈可人的"小品",具有一种轻喜剧风格。写作《蒂凡尼的早餐》时,卡波特正在尝试新的变化。他之前的书写,精彩之处常常来自天生的才华,他不过自然而然地将之发挥出来。而现在,卡波特进入了一个有意识地调整、过滤和提炼的阶段。他自己曾总结说:"我的第二段生涯开始于《蒂凡尼的早餐》。从那时起,我有了不同的看待事物的方法,开始使用不同的文体……经过修整,变得简朴,得到了更好的统御,成为更加清晰的东西。"

《蒂凡尼的早餐》确实是一个简朴清晰而又圆满的成果。小说中的叙述者以回忆的形式,讲述了一个女孩郝莉·戈莱特利具有暗黑童话色彩的人生经历。故事简单来说是这样的:郝莉在饥饿中长到十四岁,为了生存嫁给了比自己父亲年纪还大的兽医,然后又逃了出来,辗转来到纽约,成为一个交际花。她在众多男人中巧妙周旋,也自认为真诚地爱过,但是最终却被背叛和抛弃。最后郝莉卷入一桩涉毒大案,不得不逃亡他乡。故事是不是有点儿烂俗?但卡波特写得非常清新灵动。《蒂凡尼的早餐》条理清晰,形式灵巧,情绪流畅,情感纯净,情节曲折而生动,人物鲜明而迷人。最重要的是,通过一个初涉世事的小伙子的眼睛,卡波特刻画出了郝莉这个光彩照人、充满感染力的女性形象。这一形象即便不是前无古人后无来者,也绝对称得上新鲜而特别。

　　郝莉到底是个什么样的人物?卡波特采用了先抑后扬的方式来塑造自己的女主角。郝莉刚出场时并不讨人喜欢,似乎轻浮浅薄,自私自利。但是,渐渐地,你会像那个讲述的小伙子一样,爱上这个好像"住在天空里"的野女孩。她的心是狂野的,也是纯净的。她似乎玩世不恭,但又坦诚相待。她追逐金钱和名利,但也在乎"真诚的心"。她总能战胜苦难、解决难题,而且举重若轻、洒脱自如,从不叽叽歪歪、悲悲戚戚。她有着天然的生存智慧,也会耍耍小聪明和小心机,却并不虚饰造作,更没有阴险狡诈。她背负着沉重和黑暗的历史,却有阳光般的坦荡和开朗。她的灵魂始终是独立的、良善的,也是奔放不羁的。这样的女性,不会过平凡的日子,她一处处流浪,一处处绽放,我们只希望她有一天能找到安定的力量。三言两语的概括当然不能说清楚郝莉的魅力，而且，一旦说出来又好像没什么大不了的，但你阅读的时候，真的会被她迷住。

除了郝莉这个灵魂人物，《蒂凡尼的早餐》值得一提的还有卡波特的文字，很简单，但是干净透彻，非常精练，是那种"没有一处用词可以替换"的简洁洗练。卡波特对全篇的统摄掌控同样很出色，整个"局"虽然简单，但安排巧妙得当，结构匀称修整。所有这些加起来，让《蒂凡尼的早餐》成了一份"绝妙的古典"。

"纯真时代"的终结

荣耀至此

"现如今用英文写小说，没有人比得上麦克尤恩。"这是美国《华盛顿邮报》的资深书评人对英国作家伊恩·麦克尤恩的评价。

这句溢美之词也许有点儿美国式的夸张，但其美国式的真诚可是一点儿也不含糊。说起伊恩·麦克尤恩的语言文字，众所周知的形容词是"优雅""纯正""高贵"。在西语世界，如果没有读过麦克尤恩，你简直不好意思说自己读过英文小说。对于只能读译文的中国读者来说，虽然是隔着中文的外衣去感受英文的体温，应该多多少少也能体会到麦克尤恩式的优美吧。

但麦克尤恩可不仅仅是一个"文字优秀"的作家，相比他在文坛的实际成就和地位，这一荣誉还真显得太过"小儿科"。麦克尤恩是什么人？用余华的话来说，是一个在不到五十岁时就已享受"祖父级荣耀"的"文学巨人"。这个身份定位听起来显赫得有些吓人，其中可能带着余华本人的偏爱之情，因为他患有"麦克尤恩阅读后遗症"，但你却不能说它不靠谱。因为，即便是采用英国式含蓄克制的方式来说话，也完全可以将麦克尤恩称为"现象级"的超级作家。

麦克尤恩的"现象"主要是他左手抓主流文坛奖项，右手抓市场销量,两手都非常过硬。他二十七岁时出版的第一部作品《最初的爱情,最后的仪式》,可算是他在东英吉利大学写作班的"硕士论文"集结,包含了八个短篇。麦克尤恩在这部作品中尽显才华,展现了多种风格。他模仿菲利普·罗斯,"嘲笑"亨利·米勒,效法纳博科夫、卡夫卡,但是,他发出的是自己的声音,成就的是自己的风格。按余华的说法,他是要什么有什么,而且恰到好处,从这本书可以看到"一个天才是如何诞生的"。也难怪此书面世之后在英国轰动一时,各大媒体纷纷评论,并获得了1976年的毛姆文学奖,同时也带给他"以文惊世"的"罪名"。

随后麦克尤恩在文坛风生水起,佳作频出。1981年出版的《只爱陌生人》为他赢来了第一次布克奖提名。1987年,他凭《时间中的孩子》获得了惠特布雷德大奖。1992年出版的《黑犬》为他赢来了第二次布克奖提名。1998年,他凭借薄薄的《阿姆斯特丹》终获号称英国文学最高奖的布克奖。更神气的是,他后来连续写出的《赎罪》《星期六》《在切瑟尔海滩上》分别进入了2001年、2005年、2007年的布克奖决选名单(短名单),简直是写一部进一部。传闻说,因为《星期六》最终没有获奖,此届布克奖的评委会主席大发雷霆,放言:"这本书之所以输了,有两个原因,一个是嫉妒,另一个还是嫉妒。"备受好评的《赎罪》虽然在英国的文学奖上铩羽,却获得了美国的国家书评人奖。2011年,麦克尤恩还获得了耶路撒冷文学奖。

再来说说销量。据说在地铁上处处可见捧读麦克尤恩作品的乘客，他的书几乎像地铁通票一样人手一册，可想而知有多么畅销。《在切瑟尔海滩上》2007年一出版在英国本土就卖出了十多万册，又随着《赎罪》的热潮在欧美大卖，而《赎罪》则在2007年底到2008年初连续数月蝉联《卫报》的畅销书排行榜冠军，以至于2007年成了"麦克尤恩年"。

这一切当然也得益于电影的推动。2007年，小说《赎罪》被改编成同名电影，随后获得多项国际大奖的提名和奖项，包括2008年奥斯卡奖7项提名、2008年美国金球奖最佳剧情片奖、英国电影学院奖的最佳影片奖等。但这可不是麦克尤恩第一次"触电"，《只爱陌生人》《水泥花园》《无辜者》都曾被搬上荧幕，其中，《水泥花园》还获得了柏林电影节的银熊奖。

又慢又细的"微雕"

作为一个天才型的作家，麦克尤恩最为难得的是状态非常稳定，从第一部作品开始，始终保持着优良品质，几乎不见有失水准之作。他的作品总是既有一以贯之的麦式风格，又各具特色。所以，在他的十数部小说中，很难说哪一部是最为优秀的代表作。

总的来说，麦克尤恩非常擅于"在螺蛳壳里做道场"，在短促的时间和紧凑的空间内，起承转合，环环相扣，抑扬顿挫，波涛汹涌。他总是用绵密细致、跌宕有致、丰盈饱满的语言，将丰富的感受、复杂的关系和意外的事件讲述得从容不迫、井井有条。这是麦式"道场"的一贯风格。有所变化的是"道场"的内容，每次都别有洞天，题材、角度、人物各不相同，都堪称独特甚至是奇特。麦克尤恩常常在禁忌和敏感地带游走，"性事""乱伦""安乐死""入室抢劫"等，都是他走过的"雷区"，但他走得毫无低俗、暴戾之气，既不战战兢兢，也不莽莽撞撞，而是风度翩翩，优哉游哉。

《在切瑟尔海滩上》尤其能说明麦克尤恩的这些特点。这篇小说本身就是一个微雕作品，人物只有两个，核心事件只有一个：爱德华与弗洛伦斯来到切瑟尔海滩度过新婚之夜，同为处子之身的两个人，一个是既渴望又紧张，一个对性充满了恐惧和排斥。经历了诡异、尴尬和阴差阳错，两个人终究没能迈过"性事"这个坎儿，第二天便分道扬镳，再无相会。麦克尤恩的描写就像是透过显微镜在雕刻，从心跳到对话，从毛发到表情，从床单的褶皱到盘中的蔬菜，从树枝的拂动到月下的身影，刻得是细致入微、<u>丝丝分明</u>，又连绵不绝、丰裕充盈。以至于你在读的时候，忍不住会产生疑问：这个作家到底有多么锐利的目光，可以观察这么多、这么透？到底有多少神经细胞，可以产生如此丰富细腻的感受？到底有多少脑细胞，可以生发如此逼真的想象？又到底有多么强大的控制力，能将这一切安排得层层叠叠、条理清晰？

虽然不知道麦克尤恩是如何写出《在切瑟尔海滩上》的，但可以肯定这是一部写得"又慢又细"的作品。它慢到一个动作要用一夜来完成，慢到一夜就像一生那么长。它细到一个眼神、一个手势、一种姿态都有前后左右、前世今生，细到气味、颜色和声音都包含着不同层次的感受和情绪。奇怪的是，它读起来既不黏滞也不沉闷。这么多的心理和细节，重重复复重，竟然不显得臃肿。这么多的描述和表达，细细又密密，竟然不觉得啰唆。麦克尤恩真不愧是"叙述综合征"患者，竟然如此能写、会写，把本来虚无缥缈的东西写出了掷地有声的动静，把本来简简单单的动作写出了千回百转的姿态。

那么，是不是说《在切瑟尔海滩上》就是一部只有丰富感受和细致描写的作品呢？不，没那么简单。麦克尤恩可不是那种只会描写的作家。在一切的"慢"和"细"之上、在文字的精美和表达的丰盛之上，显现成形的，是麦克尤恩对那个"时代"和"人生"不无同情的淡淡嘲讽。爱德华的六十年代，也是麦克尤恩的六十年代，一个所谓的最后的"纯真"时代，那时人们似乎还抱有理想，还会满怀真诚地追求正义、公平和爱情，还执着于精神的力量。但果真如此单纯和美好吗？麦克尤恩用一种英伦式的委婉和幽默，掀起了面纱的一角。爱德华和弗洛伦斯的爱情就是那个时代的缩影，看上去真挚、美好、纯净，其实不免虚幻，也无比脆弱，既面临着由传统力量如地位、阶层、环境的差异所导致的尴尬和裂缝，也包含着由个人因素如性情、思想和心灵的差异所导致的隔膜和误解。他们的相爱，就如所谓的"纯真"，少不了鸵鸟式的自欺欺人和视而不见的自以为是。而爱德华和弗洛伦斯虽然相爱却无力完成的"初夜"，也正是那个时代囿于"纯真"的无能和尴尬。

点睛之笔就在最后。爱德华备感屈辱地拒绝了弗洛伦斯提出的"可以跟别的女人鬼混"的建议,却怎么也没想到,在那"著名的十年"终结之际,自己已然精于风流韵事,已然不相信什么严肃的东西。经过时代的变迁,曾经的挣扎、矛盾和痛苦,显得那么无稽,甚至可笑。通过弗洛伦斯的提议,麦克尤恩似乎也隐晦地指出,那个所谓的"纯真"时代,与随后而来的"性解放"的嬉皮时代,也并没有本质的区别。所以,与其说麦克尤恩在叹息那个时代的终结,不如说他是在拆解那个时代的童话,当然,他也难免会有身处其中的同情和伤感。

关于"恶童"的残酷与悲伤

从"儿童作文"开始

从1986年的《恶童日记》到1988年的《二人证据》再到1991年的《第三谎言》,雅歌塔·克里斯多夫用六年的时间完成了她的"恶童三部曲"。虽然不能确定她对这三部曲的创作,是先构思好一个总纲,然后胸有成竹地一部一部写出来,还是在一部完成之后才生发出下一部的灵感,但有一点是毋庸置疑的:她在三部曲中实现了几近完美的写作效果。这三部作品既是层层递进的整体,又可各自独立成篇。它们风格各异,却又一脉相承;故事前后矛盾,却又顺理成章。所以,读者既可以全部阅读纵览全貌,也可以任选一部来开始和结束。但是,最佳选择肯定是一部都不错过,因为只有这样,才不会遗漏它所能带给你的震撼和愉悦,才可以全面体验它的特异和精彩,才能够深刻体会作者令人惊叹的写作才华。

《恶童日记》是雅歌塔用法语写出的小说处女作。对这位匈牙利籍的女作家而言,法语写作并不是主动的选择,却是最有成效的选择,就如同写小说不是她最初的选择,却是最明智的选择一样。只有高中学历的雅歌塔,从十四岁起就用母语写诗。1956年匈牙利革命失败之后,因为丈夫曾参与反对苏联的政治活动,二十一岁的雅歌塔不得不抱着四个月大的孩子随着丈夫逃到奥地利，然后又逃到瑞士，以难民身份定居下来。对于这次逃离匈牙利，雅歌塔痛悔了一辈子。经过患难的婚姻很快终结了。为了生存，雅歌塔先后在纺织厂、钟表厂做工。身居异国，言语不通，精神上极其孤独的她继续用匈牙利语写诗，这些文字华丽、情感丰富的作品发表于在巴黎出版的匈牙利文学评论杂志上。后来她再婚了，嫁给了一位瑞士摄影师，又有了孩子。生活忙乱，她坚持创作，在做家务时构思，在孩子上学时书写，没有打字机，就用笔来写。然而，在瑞士用匈牙利语写作，显然不会有多大的前景，她必须改变。而且，她也厌倦了之前那种繁复精美的风格。于是，她开始尝试用法语写作，并有意模仿孩子的家庭作业，以求一种客观、冷静的文风。在写小说之前，她写出了不少的剧本和广播剧，但是从未奢望自己能靠写作为生。

1986年，"儿童作文"风格的《恶童日记》在法国出版，文坛为之一动。人们说雅歌塔用儿童的"无垢之言"，"淬炼出一把寒光利剑，直指人类最原始的面貌"。此时，雅歌塔已经五十一岁了。随着《二人证据》和《第三谎言》的出版，雅歌塔获得了愈来愈多的赞誉，奖项也接踵而至：意大利莫拉维亚奖、法国图书文学奖、瑞士克勒奖、瑞士席勒文学奖、奥地利国家欧洲文学奖、匈牙利科苏特奖等。法国文学界把她跟加缪和契诃夫相比，说她拥有拉辛和贝克特的文学风格，承继的是伟大的法国文学传统，但是，雅歌塔却坚称自己是匈牙利作家。其实，对于读者来说，她是哪国的作家、继承了什么传统，一点儿也不重要，重要的是,她写出了独一无二的"恶童三部曲"。

变幻莫测的文字罗网

先来看看三部曲的开篇《恶童日记》。单独来看,这部作品与其说是小说,不如说是暗黑童话和寓言,因为它有着强烈的荒诞和梦魇色彩。所谓"恶童",其实是一对俊秀聪慧的孪生少年,所谓"日记",其实是兄弟俩记录自己生活事件的大笔记本——正是因为这个笔记本,整个三部曲才得以连贯发展,故事才有了波谲云诡的空间和可能。因为战争,这对双胞胎被母亲送到了地处边境小镇的外婆家,并在恶劣的环境中很快学会了各种生存技能。他们练习互殴、互骂,练习行乞、禁食,甚至还练习残酷。如此,他们不仅适应了环境,还能够改善处境,实施计划,实现目标。当然,雅歌塔写下的并不是一个铁血的励志故事,而是各种各样的禁忌、血腥和丑恶:屠杀,纵火,同性恋,娈童,性虐。她把两个主角写成心如磐石、冷静理智的早熟"恶童",让他们偷窥、敲诈、勒索、偷窃、欺骗、谋杀。她把一幕幕或怪异或骇人或野蛮或凄惨的场景,干脆利索、毫不在乎地扔到了读者眼前,让人感到层层的暗黑和深深的冷酷。但是,她又在暗黑处藏有亮光,在冷酷处理下温情,让人从兄弟俩事出有因的"恶"之中,觉察到他们的良善、仗义和勇敢。

《恶童日记》的形式非常简洁,以孪生兄弟的视角,一节节地讲述一个个简短的故事,每一小节就像一篇小小说。雅歌塔的语言也像孩童写作文一般简单、浅显,但是精练得没有一字多余。她的语调是冷淡漠然的,对人、事、物,只是"忠实地"描写事实,不做情绪表达和情感判断。那一个个字句都像是闪着寒光的玻璃珠子,冷冰冰,又脆生生。这样直白的形式和童真的语言,配上那样残酷又诡异的内容,很难不生成一种新奇又强大的冲击力。

再来看看续篇《二人证据》。这部小说改用第三人称叙事,讲述了更多人的故事。兄弟俩开始有了名字——克劳斯和路卡斯。在克劳斯踏着父亲的尸体偷越了国境之后,路卡斯留在小镇独自生活。他收留与父亲乱伦的雅丝蜜娜,抚养雅丝蜜娜畸形却聪慧的私生子玛迪阿斯;他"爱上"了丈夫被吊死的克萝拉;他耳闻、目睹了文具店老板维多和姐姐的故事;他与同性恋的年轻官员彼得交好……这里的路卡斯有了很多的爱和情,但生活依旧充满了死亡和不幸。在玛迪阿斯自杀之后,路卡斯失踪了,留下了那个大笔记本。接着,克劳斯从异国回到了小镇,他来寻找路卡斯。在签证到期之后,他仍不愿意离开,最终被收监看押。突然,一个急转直下的情节推翻了之前的一切,所有人的存在,也都成了可疑的谜团。

《二人证据》通过小镇人物的诸多面相,展示战争之后人们被禁锢的生活,刻画死亡和失去给人们带来的创痛、孤独和绝望。雅歌塔还是那么残酷,她让克劳斯失去了兄弟,成为一个沉溺于幻想的孤魂野鬼,但她开始流露爱和真情。

除了人物的增加,本篇在叙述的密度、长度和温度上也都有所增加,不再是冷冰冰的,生怕多说一个字,倒是随处可见长篇大论饱含感情的对话，还出现了多重文本和故事中的故事。有所减弱的是荒诞和梦魇色彩，但仍然不乏奇异而浓烈的情节。雅歌塔也还保持着冷静和客观，文字依然清冽干脆。虽然过多的枝节曾让叙述一度有些沉闷，但是结尾的转折之笔，将会像晴天霹雳一样，把人炸醒，炸得精神一振。

当你以为《二人证据》让真相呼之欲出之时，完结篇《第三谎言》又再次全盘推翻《二人证据》，给出了一个让人无从预料更无法释怀的答案。这篇小说分别从克劳斯（路卡斯）和科劳斯的视角，以一种现实主义式的风格，讲述了这对孪生兄弟从四岁到五十岁的人生，一步步、一层层、一波波地将真相大白于天下。故事从克劳斯因非法滞留被收押开始，他终于开始回忆真实的历史，坦白自己对人生的虚构和修改。他见到了孪生兄弟科劳斯，但科劳斯却拒不相认。路卡斯绝望自杀。但是，能怪科劳斯无情吗？谁能知道他还有另一面的惨痛真相呢？雅歌塔又一次将她的残酷砍将过来，砍到我们身上，她让人人都成了受害者，人人都那么不幸。但是这次，她是带着强烈的情感来砍的，她不再掩饰兄弟之间的深爱，也让我们看到了残酷之后巨大的伤感和悲痛。

这是一部非常成熟完善的小说，结构完美，笔法精妙，故事动人，情感真挚。雅歌塔的语言依然简洁明快，平静从容，但是，玄妙的关系、转折的情节、变幻的时空尽在其中，真真假假、生生死死、爱恨情仇也尽在其中。仔细想想，整个悲剧起因竟是一场婚外情，而悲剧的持续是因为战争，这一切似乎并无新奇可言，但是，雅歌塔却具有化腐朽为神奇的能力。

　　将三部曲连在一起去看，你将不得不赞叹那些亦真亦假、忽真忽假的变换和转折是如此快捷和繁复，你还会诧异，从寓言和童话式的炫酷和独特，到现实主义式的精巧和圆满，雅歌塔跨踩得是如此轻盈而准确。"恶童三部曲"就是雅歌塔编织的一个多次元的变幻莫测的文字罗网，它总能兜头盖脸地铺撒下来，将读者紧紧收入网中，一次又一次。

阿特伍德：多彩人生，高能叙事

加拿大的"文学女王"

在瑞典文学院公布了2013年诺贝尔文学奖的归属之后，加拿大女作家艾丽丝·芒罗便成为全球媒体聚焦的中心，同时被卷入新闻旋涡的，还有另一位加拿大女作家玛格丽特·阿特伍德。阿特伍德被多家媒体采访，回答"为什么是芒罗获奖"的追问，她为刊物写下对芒罗作品的评论，还同极少公开露面的芒罗进行了一次备受关注的视频对话。为什么找上她？因为她地位特殊。阿特伍德与芒罗，同为加拿大女作家，不仅年龄相近、友情甚笃，在写作上更是旗鼓相当，都具获得诺贝尔文学奖的潜力。相较之下，被称为"加拿大文学女王"的阿特伍德似乎声誉更隆，名望更高。如今，面对芒罗的"加冕"，对于"看热闹不嫌事大"的媒体而言，还有比阿特伍德更合适更有价值的采访对象吗？可是，不论媒体有什么微妙的心理，阿特伍德的表现都是大方得体的，她圆满完成了"好友"、"文学评论家"和"同时代作家"的角色，尽显专业水准。

这一点儿也不奇怪，要知道，阿特伍德可是正宗的"科班出身"。她学的是文学。1939年出生的阿特伍德在多伦多大学毕业之后，于美国马萨诸塞州拉德克利夫学院学习英国文学，1962年获得文学硕士学位,随后又两次就读于哈佛大学,攻读博士学位,学习美国文学。她从事的是文学工作。阿特伍德毕业后曾在加拿大的多家大学任教,在加拿大、美国、澳大利亚的多所大学当过"驻校作家",还曾任加拿大作家联合会主席、国际笔会加拿大中心主席。

阿特伍德的文学生涯始于诗歌,她最早的声誉也来自诗歌。1966年,诗集《圆圈游戏》让二十七岁的阿特伍德获得了她的第一个加拿大总督文学奖。此后,她又先后六次入围此奖,并在1986年凭《使女的故事》第二次摘奖。她出版的第一部小说是1969年的《可以吃的女人》,随后,《浮现》《神谕女人》《男人以前的生活》《肉体伤害》等长篇小说纷纷面世。1987年,小说《使女的故事》摘得了阿瑟·C.克拉克最佳科幻小说奖,还获得了英国布克奖的提名,又在美国获得《洛杉矶时报》最佳小说奖,并同芒罗的短篇小说集《爱的进程》一起被《纽约时报》评为1985年年度最佳小说。1988年出版的《猫眼》被许多评论家认为是阿特伍德最优秀的小说,该书也获得了1989年的布克奖提名。1996年,小说《别名格雷斯》在获得加拿大吉勒文学奖之外,又再获当年布克奖提名。2000年,在第四次提名之际,阿特伍德终凭自己的第十部小说《盲刺客》赢得了布克奖。总之,数十年来,阿特伍德出版了近二十部诗集、十几部长篇小说、数部短篇小说集和评论集,获得了几乎所有的国际性文学奖和多项国际性荣誉,所差的,就是一个诺贝尔奖了。所以,也难怪有些人把她称为"加拿大文学女王"。

阿特伍德确实配得上这个荣耀。很少见到如此"专业"的作家，什么都能写，还写什么成什么，诗歌、小说、叙事小品、广播、戏剧、电视、儿童文学，还有评论，简直应有尽有。而且她还怎么写怎么有，仅就小说而言，她就写出了多种题材、多种形式：历史小说、科幻小说、推想小说、反乌托邦小说，寓言写作、神话写作、意识流写作，还有结构和解构，每一款都很成功。更难得的是，她还是个"雅俗共赏"的写作者，能写出畅销书，也能写出文本范例。所以，想要简略地总结阿特伍德的作品，并没有那么容易。只能说，她的作品，基本上都构思奇妙、叙事精巧、哲理深邃、语言丰富。也可以这么说：她的书，在世界各地的书店里可见；在许多大学英语系的教学提纲和教材里可见；在研究加拿大、加拿大文学，研究女性主义、后殖民主义，研究政治经济和社会学、生态学的学者们的书架上也赫然可见。即便是在中国的文学界和学术界，研究玛格丽特·阿特伍德的人，也不在少数。

如此高产多能的阿特伍德并不愿意只沉溺于文学世界。她广游天下，积极参加社会活动，先后在美国、英国、澳大利亚、法国、德国和意大利等地学习、生活和工作，还曾应邀在多个国家进行演讲和朗诵，在多所大学任荣誉教授。她以实际行动大力支持推广民族文化的出版社，还帮助成立加拿大作家联合会。从八十年代开始，她还积极投入关注环保生态的社会活动中。

真相竟然如此

《盲刺客》一书是阿特伍德超强文笔的一个明证。此书除了荣获 2000 年的布克奖，还被《时代》杂志评为 2000 年最佳小说和 100 部最伟大的小说之一。虽然不能说它一定是阿特伍德最优秀的作品，但它的好看是确凿无疑的。全书有四十余万字，读起来却并不觉得长，因为层出不穷的内容、丰富多变的样式和跌宕悬疑的故事，让人根本顾不上产生审美疲劳。

小说采用的是"俄罗斯套娃"般的讲述方式。三个"套娃"，构成了三层空间。第一层空间是艾丽丝姐妹俩的故事。妹妹劳拉在开篇便死于一场原因不明的车祸，随后在姐姐艾丽丝的追忆之中，近半个世纪的往事一幕幕展开；第二层空间是劳拉生前所写的小说《盲刺客》，它描写的是一位富家小姐同一个流亡男子之间不同寻常的爱情；第三层空间是小说《盲刺客》中的小伙子为恋人讲的外星故事，故事里有盲刺客和被献祭的哑女的爱情。在第一层空间中，有两条叙述主线，一条是数十年间报纸上对相关事件和人物的报道，另一条是老年艾丽丝对现在的叙述和对过去的回忆。这一层的故事就像是被打乱了顺序的书稿，不仅不连贯，还丢失了开头，只能没有头绪地依据简报提供的线索一段段拼贴、连接。但是，每一个故事片段都是清晰的，事实描述般的清晰，即便是悬而未决的问题，也有真切确实的事件作为前因后果，这让你相信一切最终都会解决，都会水落石出，所以，你会有探索的好奇心，也会有等待谜底的耐心。第二层空间的故事则变得含混起来，两个人物的身份并不是确定的，他们随着没有前因的对话突然而来，似乎生活在真实的世界之外。故事中除了大量的对话，还有许多的感觉和情绪的描写，可以说，这个故事由视觉、听觉和嗅觉构成，是嘴巴、眼睛、耳朵、鼻子还有心的共同作用。第三层的故事则是完全的虚幻，虚幻的时空、虚幻的场景、虚幻的人物。它来自第二层的嘴巴。但这嘴巴的表达是非常明晰流畅的，即便只能断断续续地讲下去，也丝毫不影响故事的完整和明亮。因为这是一个口述的故事，所以非常通俗，也非常形象，具有很强的画面感，还带着抒情的诗意。这个发生在不存在的星球上的故事，与其说是科幻、神话，不如说是关于现实的寓言。

每一层的故事都有自己的特色，它们交错在一起，形成了一个色调参差、节奏起伏的大叙事。在这个大叙事中，阿特伍德一会儿坦荡直白，一会儿暗藏玄机；一会儿真实，一会儿虚幻；一会儿温柔，一会儿冷硬；一会儿华丽，一会儿简练。她如大内高手般腾挪转换，随心所欲，但又不放任不逾矩。在不亦乐乎的转换中，她又撒播下许多的悬念和疑点，在故事的关键环节和紧要关头，她遮遮掩掩，吞吞吐吐，不是欲说还休，就是顾左右而言他，真是"可恶"至极。但是，最"可恶"的是，她还故意误导我们，煞有介事地让人以为事情是这样的，然而到了故事最后，她突然解开的谜底会推翻你之前确信无疑的东西，那感觉就像是有人生生地把你的头扭向另一边，于是你不得不从新的角度去观察，这才发现，原来事情竟然是那样的。

如果愿意，你可以从女性主义，从人性，从宗教、战争等层面和角度来解读《盲刺客》。但实际上它的最大魅力却是它会折磨你的好奇心，还会考验你的智商。

亨利·詹姆斯的鬼魂世界

非哥特式心理小说

正如作者亨利·詹姆斯所说,《螺丝在拧紧》讲述的是一个"纯粹而简单"的故事。圣诞夜里,一群聚在一起讲故事的朋友,从一份手稿中知道了这么一个鬼故事:一位年轻姑娘,应聘来到一个封闭的庄园,做小女孩弗洛拉和男孩迈尔斯的家庭教师。刚开始一切都很美好,直到一个鬼魂,曾经的男仆昆特,突然出现在她眼前。接着姑娘又发现了另一个鬼魂——前一任家庭教师泽西小姐。事情开始变得恐怖起来。这两个品行邪恶的鬼魂,试图引诱两个天使般的孩子,将他们据为己有。女教师下决心拼尽全力来保护自己的学生,但是,孩子的行为开始变得诡异,超出了她的掌控。最后,在女教师与鬼魂的对峙中,被她紧紧抱在怀里的男孩迈尔斯,渐渐没有了呼吸。

荒凉的庄园、稀少的人烟、阴森硕大的城堡、压抑阴沉的气氛、疑神疑鬼的女教师、忠心又愚昧的女管家、天真无邪的孩子、时隐时现的鬼魂,这一切似乎说明《螺丝在拧紧》是一部传统的哥特式恐怖小说,但是,在本质上它更是一部心理惊悚小说。作为心理分析小说的开创者,亨利·詹姆斯在《螺丝在拧紧》中真是做足了心理戏份。一开始他就用手稿的迟迟不到和对它的种种暗示，吊起了听众和读者的心理期待。而后，他又在手稿中浓烈地渲染女教师的心理感受，一层层营造出微妙的气氛、紧张的情绪和悬疑的效果。这份以女教师口吻写出的手稿，基本上就是一份心理自白录。读者所能体会到的惊诧、疑惑、忧虑、焦急、愤怒、懊悔、恐惧，都是来自女教师的心理渲染和暗示，而不是任何对外部事物以及人物的描写。

但鬼魂没有真相

但《螺丝在拧紧》又不是一般的心理小说。在这部小说中，"心理"不仅是文本的重要内容和叙事元素，还是影响甚至决定文本阐释的重要因素。《螺丝在拧紧》表达的是什么，居然可以依据读者自己的心理感受来确定。或者说，故事里面究竟有没有鬼、到底谁才是鬼，取决于读者的阅读心理。

比如，你可能会保持传统的阅读习惯，从叙述者女教师的角度来看待这个故事，全盘接受她的讲述，那么你看到的确实是一个鬼故事，是一个弱女子竭力维护正义和善良，同邪恶鬼魂苦苦斗争最后却失败的悲伤故事。你会被女教师的热诚感动，为她的失败而叹息，为迈尔斯的死亡而遗憾，为鬼魂的强力得胜而愤愤不平。但是，不管你的感受如何，你不会质疑鬼魂在其中的存在以及他们的邪恶。

但是，读着读着，你也许就会推翻女教师的叙述，从字里行间体会到这一切很可能是一个长期封闭、备受压抑的女人的幻想。鬼魂只是女教师的想象，所以除了她，没有第二个人能够看到。她听说了昆特和泽西小姐的故事，卫道士的心理让她将他们的交往视为不合礼教的"邪恶"，担心孩子们会受到他们的影响，所以想象出了鬼魂引诱孩子的情况。事实上，孩子们的"可怕"举动，不过是贪玩偷偷跑到湖对岸，不过是夜晚不肯睡觉跑到月光下玩耍。他们被鬼魂所引诱表现出的"恶劣"行为，也不过是童言无忌和孩童自由天性的表现。从头到尾，你看不到鬼魂除了被"看到"之外，还有什么过分的举动，反倒是女教师，情绪激烈，行为冲动。到最后你会很自然地感到，哪里有什么鬼魂，一切不过是一个礼教狂和妄想狂想当然的夸大其词。即便真的有鬼，也是女教师自己心中有鬼，甚至女教师本人才是"鬼"。

又或者，以上两种皆有可能，也许是真的有鬼，同时也确实是人的幻想。比如，鬼魂的恶意，完全是出自女教师的想象。她的举动，也可能是自以为是的过激反应。甚至还有一种可能，这一切都是亨利·詹姆斯的讽刺和玩笑，装神弄鬼的，正是作者本人。从女教师那一本正经的高尚感和正义感中，你难道没有隐隐约约感觉到作者压抑不住的嘲讽意味吗？女教师自以为在同邪恶作战，在捍卫教养和纯洁，为此不惧牺牲、不畏困难，可是，她拼命要维护的，是什么样的正义？不过是"礼教"的秩序罢了，男女要授受不亲，贵族、平民、仆人要各守其序，儿童要天使般甜蜜和乖巧，人人都像机器人一样，不越界、不逾矩，也不能有欲望。如不然，便是邪恶，便是被魔鬼引诱。所以，一句脏话便足以使她大惊失色、痛心不已。如此凛然的一身正气，针对的却是人之常情，实在不免荒唐。如此煞有介事的崇高使命，却建立在捕风捉影、欲加之罪的想象之上，也真是莫大的讽刺。

总之，《螺丝在拧紧》的真相到底是什么，有多种可能性，每一种可能都有道理，都成立，但却不能排斥其他可能，读者只能自己选择去相信什么。这就是《螺丝在拧紧》的奇妙之处。它的故事是纯粹的，却又如此含混，似真似幻，包含着巨大的悖论。它的讲述是简单的，但对它的理解却可以复杂而丰富。各种阐释大相径庭、互相矛盾，又似是而非、难辨对错。亨利·詹姆斯以微妙而狡黠的尺度，"拿捏"或者说验证着读者"对文学和道德的敏感"。

没心没肝，有戏有味

《螺丝在拧紧》在1898年面世之后，最先引发的，是第一种"相信有鬼"的反应。但是，随着时代的变化和阅读的深入，人们开始有了更多的理解和不同的解读。最著名也可能是最重要的阐释，应该是埃德蒙·威尔逊在1948年发表的论文《对亨利·詹姆斯的多重阐释》。威尔逊在文中明确地说出了《螺丝在拧紧》的另一种可能性：女教师是一个压抑错乱的性变态，鬼魂昆特出自她的幻想，迈尔斯则死于她在精神错乱时的紧紧"拥抱"。威尔逊的开先河之举就像是为人们打开了新世界的大门，越来越多的人试图从自己的角度去理解《螺丝在拧紧》。于是，各种形式、各种解读的《螺丝在拧紧》在欧美陆续出现了：电影、电视剧、舞台剧、话剧甚至芭蕾舞剧。英国BBC甚至在十年之内拍摄了两个不同版本的《螺丝在拧紧》。这些不同形态的改编大多保持了原作的戏剧性和暧昧性，但是在展示"真有鬼魂"和"内心有鬼"这两种情况时，在分寸拿捏和尺度把握上有所差别，也由此形成并呈现出了新的内容，正所谓"常编常新"，大概这也是为什么《螺丝在拧紧》为人们所钟爱的原因吧。

实际上，即使撇开对文本多种解释的可能性不谈，亨利·詹姆斯对《螺丝在拧紧》的写作，也是非常有特色的。毛姆曾有言："亨利·詹姆斯说故事的本领如此高明，在处理戏剧性场面时，他掌握跌宕的手法，又是如此罕见，使你从头到尾都被牢牢吸引。"《螺丝在拧紧》确实充分展示了亨利·詹姆斯说故事的本领，微不足道的小事，也能被他讲得煞有介事、跌宕有致。一个女人的心理自白，被他写得简直和侦探小说一样，且冲突和悬念有过之而无不及。但是，毛姆还说了："他灵魂中的平凡使他无法理解人类感情的一些要素，像爱与恨、对死亡的恐惧，以及对生之神秘的感受。没有人比他更能以敏锐的探究力看穿事物的表层，但他一点儿也没有注意到在这表层之下的深邃性。"这一指责不能说没有道理，从《螺丝在拧紧》中，你能看到女教师不断说着对孩子们有多么热爱，但这爱似乎只停留在言辞中，不能达到读者的内心。亨利·詹姆斯倾力而为的，是优美、细腻地讲述一个漂亮的故事，但在这个故事之后，有更多的东西吗？真挚动人的情感？没有。引人深思的追问和思索？没有。深刻的反映和真实的体现？也没有。在亨利·詹姆斯的笔下，女教师和她周围的人，是属于另一个世界的，他们或许活灵活现，但仍然只是故事中的角色，而不是普通世界的生命。也难怪毛姆会说他"不了解普通人是怎样行事的。他的作品中的人物既没有心和肝,又没有性器官"。

不过,刻薄如毛姆也不得不承认,亨利·詹姆斯的书虽然算不上伟大,但读来极有味道。《螺丝在拧紧》正是如此。

只对诗意的死亡发言

"行吟诗人"的八百万种案件

人们告别世界的方式有多少种？或者说，世上有多少种死亡方式？这个问题恐怕没有人能回答。但是劳伦斯·布洛克却言之凿凿地说，在纽约，有"八百万种死法"。

为什么是八百万？因为那时纽约有八百万人口。每人一种死法，就是八百万种。布洛克所谓的"八百万"，并不是一个确切可靠的统计，而是他对"多种多样"的一种具体而夸张的表达。基于现实世界的经验，我们有充分的理由相信"八百万种死法"的说法与事实严重不符，但是，我们却不能因此就说布洛克无中生有、信口胡说。因为，一个侦探小说的创作者，有权利在自己的虚构世界里想象八百万甚至更多种死法的可能性，更何况布洛克还具有如此不同凡响的想象力和创造力呢。迄今为止，布洛克已经写出了五大系列四十余部的推理、侦探小说：以一名酗酒的无牌照私家侦探马修为主角的马修·斯卡德系列，以二手书店老板兼盗贼伯尼·罗登巴尔为主角的雅贼系列，以一名因在朝鲜战争中脑部受伤而无法睡眠的密探伊凡·谭纳为主角的伊凡·谭纳系列，以私家侦探奇波为主角的奇波·哈里森系列，以杀手凯勒为主角的凯勒系列。这些"侦探"的形象、个性、命运各不相同,遭遇的案件和死亡方式也是形形色色。看看布洛克这些花样翻新、层出不穷的作品,你并不难相信,依照他的能力,如果给他足够的时间,早晚有一天他能写够八百万种案件,或写出第八百万种可能的死法。所以,当布洛克说纽约有"八百万种死法",我们不妨故妄听之、姑且信之。

当然,布洛克并不是因为能写出八百万种案件才成为侦探小说界的"文学大师"的。对于任何类型的写作来说,"质"都比"量"更为重要。布洛克的写作不仅量大,质也很高。我们可以把所获奖项和赞誉当作指标来检验他的"质"。先看看布洛克华丽的履历:四届夏姆斯奖的得主、三届爱伦·坡奖的得主、两届马耳他之鹰奖的得主、一届尼罗·沃尔夫奖的得主,此外,还获得过爱伦·坡终身大师奖和钻石匕首奖。再来说赞誉,不必重复欧美读者、名流以及媒体的诸多好评,我们仅以中国台湾为例。台湾文学界和文艺圈里有诸多布洛克的粉丝,比如女作家朱天文,她认为布洛克是超级厉害的把类型小说推向了极致的小说家,在她的作品《巫言》中,她借用了马修的那句"我只听不说",以此向布洛克致敬。此外,张大春、侯孝贤、李安等,都是布洛克忠实的"一口气读完"型的读者和热心推荐者。而大陆的读者认识布洛克,更多的是从王家卫的《蓝莓之夜》开始的。没错,布洛克也是《蓝莓之夜》的编剧。

我们还可以从另一个与前辈比较的角度来衡量。美国文学界有一个公认的说法,雷蒙德·钱德勒作为硬汉派侦探小说的开创者之一——另一个开创者是《马耳他之鹰》的作者达希尔·哈米特，是罕见的以通俗小说的写作进入纯文学殿堂的作家。目前有一个需要正视的事实是，劳伦斯·布洛克作为承继钱德勒的流派"第一人"，不管是在侦探小说的创作上，还是在文本的艺术性上，均有不亚于前辈的表现。钱德勒的马洛是"最有魅力的男人"，布洛克的马修就像与马洛并肩的兄弟，也是"本世纪最好"的迷人典型。钱德勒的《漫长的告别》具有独特的艺术性和文学性，布洛克的《八百万种死法》也是诗意盎然的文学文本。所以，人们不仅称布洛克为"侦探小说的大师"，还说他是"纽约犯罪风景的行吟诗人"。

与我们一起变老的侦探

虽然是具有黑色元素的硬汉派侦探小说，"八百万种死法"这个名字仍然口味重到有点儿耸人听闻，很容易让人以为作者嗜血，或者迷恋死亡。要是再想起布洛克还曾写过一本《每个人都死了》，你简直没法不认为他有一副冷酷无情的狠心肠。

其实，布洛克在书中所讲的故事，和他本人一样，并不冷酷，内里还带着几丝温情：年轻妓女金决心从良，担心皮条客钱斯报复，便找到没有执照的私家侦探马修，请他出面调停。钱斯表示放手，但金还是惨死在宾馆。嫌疑最大的钱斯聘请马修调查真相，两人形成了类似友谊的默契和了解。警方决定放弃案件，马修却坚持寻找线索。随着钱斯门下的另外两个妓女先后被同一个凶手残忍杀害，马修渐渐接近了真相。于是，凶手找上门来……

这么看来，那惊人的书名就是个不是噱头的"噱头"。说它不是噱头，因为书中确实有接踵而至的各式死亡，布洛克也确实着意点出了不同方式的死亡。每天都有不少人死去，除了马修自己调查的三起命案，还有他每天在报纸新闻中看到的各种死讯。人们被谋杀，被撞死，被捡来的电视机炸死，因为邻居的宠物而被杀死，往衣橱里挂衣服时被流弹打死……这些五花八门、匪夷所思的死亡方式，有的是出于个体的原因，有的是因为治安问题和社会问题，还有的纯粹是由于命运的捉弄。布洛克用形形色色的死亡，拼贴出纽约那黑暗、暴力、残酷的一面，呈现出人们疏离、冷漠、孤寂和危险的生存状态。说它是噱头，是因为列举死亡方式本就不是布洛克的意图所在，他不过是想用所谓的"八百万种死法"来说明死亡的无处不在与突如其来，以此衬托生命的孤独和脆弱。所以，书中让你印象最为深刻、最受触动的，并不是种类繁多、各不相同的死法。

是什么触动了你的心？是人。书中的死亡是非正常的，但人都是正常的，马修、钱斯、警察、妓女，他们有灵魂有肉体，是没有归属感的现代人、都市人，是有着各种挣扎和欲望的男人和女人。尤其是马修，布洛克把他写成一个努力戒酒又流连酒吧总被酒精诱惑的酒鬼、一个意外打死了一个小女孩从此背上心灵重负的前警察、一个留心着各种死亡方式没有执照却锲而不舍的私家侦探、一个离了婚住在旅馆偶尔给孩子寄钱的流浪客、一个不信仰上帝却总把大部分血汗钱捐给教堂的迷失者、一个自我隔离对世界"只听不说"的幽闭者。这个"硬汉"既硬朗又脆弱，既温情又冷漠，既自私放纵又宽厚有担当，既玩世不恭又认真执着。他在戒酒与喝酒之间徘徊时的矛盾、挣扎和痛苦，他的孤独、抑郁和迷茫，是如此真实、鲜明，带着生动的诗意，令人不由得被吸引，以至于我们对于马修到底能不能戒酒的疑问和关心，超过了对他能不能破案的疑问和关心。有了马修这个人物，案件的侦破过程，不再重要了；凶手和结果，不再重要了；死亡，也不再重要了。此时你终于明白，与其说《八百万种死法》是侦探小说，不如说它是"人物"小说，它写的就是人，它的意图就是写人。那些案件、线索，那"最具诗意"的美女之死的话题，乃至整个故事，都是为了承载这一个人物的形象，都是为了烘托这一个人物的魅力。所以，它没有多少正宗的"推理"，没有跌宕严密的"解谜"，最后的真相也不乏贸然和勉强，但是，说实话，谁在乎呢？

马修的独特之处不止于此。在布洛克的前辈钱德勒和哈米特那里，人物是不老的、不变的，他们好像被冻结在时空之中，无论多少年过去，无论多少案件发生，他们始终是一个年龄、一种状态，周围的环境也保持原状。而且，除了破案，他们似乎没有个人的生活。马修却不同，几十年来，他在布洛克的书中自然生长，身心都随着时光而变化。我们是他的人生的目击者，是他的情感和内心世界的见证者。他就是一个真实的生命，在我们身边，与我们一起变老。如此看来，布洛克写给我们的，不仅是八百万种死法，还有八百万种活法和人生。

幸福只在战争之外

英雄的"真相"

一个二十岁的年轻人,在祖国被侵占的时候,加入了地下抵抗组织,经历了难以忍受的艰难和考验,冒着死亡和被捕的危险,一次次圆满完成任务,屡屡破坏侵略者的进攻。即便身陷囹圄,也能凭着机智和运气,带着同伴逃脱虎口。在胜利之后,他完全不提自己的贡献和功绩,默默地过着自食其力的生活。

这样的人,不管在哪个时代、哪个国家,都会被视为英雄。但是,在马尔克·杜甘的小说《幸福得如同上帝在法国》中,这样的主人公却不是英雄,至少不是我们常见的那种通常意义上的英雄。

当二十岁的加尔米埃参加抵抗组织的时候,他一没有怀着崇高的抱负,没有为伟大事业而生出的光荣冲动;二没有抱着坚定的信念,内心没有为信仰留下任何位置;他甚至对入侵的德国人也没有多少仇恨和愤怒。法国已经被第二次世界大战搅得天翻地覆、满目凄惶,他却仍然生活在自我的小世界里,并没有多少被侵害的切身痛苦,反而有着旁观者的冷静和疏离者的淡漠,他更感兴趣的,是青春期的冲动和感官快乐。他之所以同意参与地下活动,不过因为他是个顺从的、忠实的儿子,不过因为他有一个坚定的共产党员父亲,这个父亲不由分说安排了儿子的命运,没有给他选择和讨论的余地。这个儿子便茫然、机械地听从了安排,仿佛去出演一个舞台剧的角色。这就是混沌没有觉悟的加尔米埃。

当加尔米埃第一次实施暗杀时,他尿湿了裤子。他一板一眼、规规矩矩地依照指令完成了任务,但死者那张茫然的流着鲜血的面容却紧紧贴在了他的良心的深处,让他不能不感到自己的卑鄙,因为他无法主动去痛恨一个完全不认识的人,哪怕那是一个"法奸"。这就是缺少慨然正气的加尔米埃。

在熬过了一段苦役犯般的靠求生意志才能支撑过来的地下生涯之后,加尔米埃趁着进城的机会,从自己掌握的军队给养中拿出一笔钱,奢侈地点了一桌吃到吐的法国大餐,然后在妓院不惜血本地度过了一个情欲的夜晚。对此,他心安理得。这就是屈从于感官享受的加尔米埃。

当加尔米埃遇到米拉之后,他很快爱上了这个年轻的上司。不能不说,他对工作的热情和坚持,一部分来自米拉的督促,一部分来自要接近米拉的渴望。为了不让米拉亲自出马到敌人的怀里套取情报,加尔米埃匆忙发展了一个并不合适间谍工作的妓女阿加特。这就是可以因私忘公的加尔米埃。

当加尔米埃真的与敌人面对面亲密接触时,他不仅没有任何仇恨,反而对他们产生了好感和同情。他承认德国水兵的人性,喜欢甚至敬佩他们的首领"老舰长"。面对德国人的信任,他内心产生了背叛真诚的不安。终于他亲手将德国人送上死路,换来了几千名盟军水兵的幸存，但他内心深受煎熬。在他看来，这些德国水兵是和自己一样的小伙子，不过有人操纵、利用了他们身上最美好的东西让他们去死。天意让自己成了他们的刽子手，可自己并不希望他们死。这就是没有原则的加尔米埃。

在加尔米埃被捕之后，恐惧随着血液蔓延到他的全身。他战栗着，骨节咯咯作响。他担心自己熬不过酷刑，他也知道自己熬不过，但是，他不能背叛米拉，他将无法面对一个背叛米拉的自己，所以，他想让狱友帮自己去死。但终究他没有勇气去勇敢地死。这就是毫不英勇的加尔米埃。

在侥幸逃生、迎来解放之后，加尔米埃无法投入新生活。他不能回首过去，因为战争已经埋葬了他的青春和激情。也无心展望未来，因为米拉还活着的希望太渺茫。他只是心不在焉、马马虎虎地活在现实之中，用吃喝来逃避内心的缺失和遗憾。他再次顺从父亲的安排，娶了自己不爱的女战友，然后两人过着以假乱真、心照不宣的生活，麻木地说自己是幸福的。这是意志消沉的加尔米埃。

马尔克·杜甘用这些毫无粉饰的真相告诉我们，他，加尔米埃，不过是个普通人。

普通的"英雄"

但是，加尔米埃又不是一般的普通人。

当加尔米埃在地下室看到躲藏的老裁缝的惊恐眼神时，他终于明确地意识到自己从事地下活动的目标和意义，那就是让人们的目光中不再出现这样的恐惧。所以，他忍受艰苦的环境、死亡的威胁和内心的煎熬，做出种种原本不可能的行动，不是为了追逐信仰，也不是为了建功立业，而是因为他反对一切不幸，因为他胸怀人道主义。

这样的加尔米埃不可能丢下被自己拖入旋涡的阿加特，让她成为无辜的受害者。所以他一定要在离开前安置好阿加特，哪怕这个决定既愚蠢又危险，最终让他身陷囹圄。

这样的加尔米埃也不会放弃自己对德国机械师的许诺。终其一生，他照顾这个德国军人的法国女人和孩子。而即便没有和德国机械师的"友谊"，他也不认为这个女人应该受到指责和羞辱，因为她做的，不过是整个内地国家都做过的事：和德国人发生关系。她这样做是出于爱，而国家则是出于利益。所以，他无论如何都会照顾这对不幸的母子。

这样的加尔米埃也不会认为自己做过什么了不起的事情，虽然他付出了许多代价，取得了巨大功绩。他觉得自己不过是做了不得不做的事情。所以，他鄙夷那些在战后摇身一变的投机分子和国家的"回收者"，也怀疑所谓的利他主义，不信任那些为别人思想的人。他对任何形式的权力都不感兴趣，更远离一切结局总是不幸的伟大事业。在战后仍然花白乃至灰黑色的法国，他选择了宽厚的利己主义。

这样的加尔米埃也无法忘记米拉。忘记米拉就意味着顺从了不幸。这并不是因为米拉是真正的英雄。的确，她把毕生的热情和精力，都投入了对不公、压迫和罪恶的反抗之中。她永远站在正义的一边,站在被欺凌的一面,她会为正义而献身,她也是真的坚强勇敢,积极自觉,无私无畏。但是,这些并不重要,重要的是,她就是美好的化身,就是加尔米埃的幸福。对于加尔米埃来说,上帝不在法国,而在米拉所在之处;幸福在于跟自己爱的那个人在一起,无关全人类。

所以,他也是一个以实际行动追求和保护和平、爱情与幸福的"英雄"。

反战的人生故事

通过加尔米埃这个普通的"英雄",《幸福得如同上帝在法国》把"反战"的主题说得直截了当、干脆利索。

它说,战争是愚蠢的、荒诞的,压抑和改变人的本性,也暴露、考验人性的弱点,造成的不仅是肉体不可挽回的死亡,还有心灵上不可弥补的损害和创痛。

它说,战争固然有正义和非正义之分,但残酷却从来没有正义和非正义之分。对于普通人来说,战争中没有谁是真正的胜者。

它说,即使是上帝,也无法抚平战争的伤口。只有幸福,才能抚平创伤。而幸福,又是多么难以寻找。

它说,不仅是战争,一切导向不幸结局的事业,哪怕打着"正义"的名义,也都是可疑的。

这些抗议和质疑并不新鲜,就如反战小说也绝不鲜见一样。但《幸福得如同上帝在法国》却风格独特,气质迥然。它的反战,不是以英雄热血的方式,也不是以惨烈悲痛的方式;不是痛斥,也不是控诉。它没有正面的战争,也没有真正的战场。虽然有军人,有情报人员,有地下活动,但不要期待枪林弹雨和惊心动魄,也不要期待波谲云诡和密谋重重。它只有偶尔的枪炮声和一次次轰炸,就像背景板和插曲。它的舞台中心是人,卷入战争、厌恶战争又被战争所伤的人。它就是用毫无夸张和修饰的人生故事来反映和反思战争的。

法国作家马尔克·杜甘也许不为广大的中国读者所熟悉,但是,他以干干净净的语言、简洁明净的叙述、冷静理智又不乏幽默讽刺的腔调,讲出了一个关于战争和人性的故事,讲得如此通俗易懂又通透深切、朴素真诚又沉稳大气,这样的作家肯定会在我们的阅读中留下他自己的独特印迹。

神奇非洲的"夜航人"

一个非洲式传奇

在阅读时,偶尔会遇到这么一种情况:一本书的作者同这本书一样迷人。这对读者来说,就好比额外获得了一份福利,能够在获得阅读文字的快乐之外,又多享受到一重阅读精彩人生的快乐。柏瑞尔·马卡姆和她的《夜航西飞》就是这样的阅读组合。

柏瑞尔·马卡姆是个传奇,一个带着非洲气息、有着非洲精神的传奇。在她的人生履历中,闪耀着一些非凡的"第一":非洲第一位持有执照的女赛马训练师,非洲第一位也曾是唯一一位职业女飞行员,世界上第一位单人由东向西飞越大西洋的飞行员。但是,这些"第一",并不是她人生中最精彩的部分。

1906年,年仅四岁的柏瑞尔随父亲来到了英属东非,从此,她的灵魂便在这块土地上扎下根来。帮父亲育马、驯马,光着脚与土著朋友在丛林中狩猎,是她生活的主要内容。她被狮子咬过,被疣猪攻击过,被马掀翻过,但是她依然成长得健美英勇。十八岁那年,她获得了英国赛马会的训练资格证书,开始独立生活和工作,专业为别人培训赛马。经她之手训育出了好几匹赛马冠军。后来,她跟随传奇飞行员汤姆·布莱克学习飞行,到二十九岁时已是专业飞行员,在非洲大陆之间运送邮件、货物和乘客，为狩猎者从空中探查大象的踪迹。

1936年，柏瑞尔离开了非洲，再次从内罗毕飞回了伦敦。就在这一年，她逆着风用二十一小时二十五分钟完成了从英格兰到布列塔尼岛的单机连续飞行，成为首位驾驶双翼飞机从东向西飞越大西洋的飞行员。此后她生活在英国和美国，但是，对非洲的思念始终在她胸间。四十八岁那年，她回到非洲重操旧业，再次成为肯尼亚最优秀的驯马师，直到1986年去世。

这是个独立无畏、大气磅礴的女人，她热爱生活，也享受工作，散发着非凡的魅力，感情生活也是精彩纷呈。她结过三次婚。据说，在十六岁时她就有了第一次婚姻。在第二次婚姻中，她还有了一个儿子。因为和乔治五世的三儿子亨瑞公爵的婚外情，她的婚姻破裂，而英国皇室则头疼欲裂。第三次婚姻，她嫁给了好莱坞的影子写手，几年之后再次离婚。在婚姻之外，她还有着数不清的韵事和情人。

柏瑞尔的人生无比丰富，但在经济上却从不富裕。她不积累财富，常常手头发紧。但她始终是一个精神上的富人，压根儿不在意物质。"困窘"这个词，与她有十万八千里的距离。在简陋的环境中，她照样优雅自如地生活，照样像非洲一样迷人、像飞行一样迷人。

渊源和参照

介绍柏瑞尔时，人们首先会说她是驯马师、飞行员，然后才说她是作家。其实，严格来说，她并不是真正意义上的作家，因为她一生只写了《夜航西飞》这一本书。但这却是一本让海明威自惭形秽的书。

是的,海明威与《夜航西飞》有着颇深的渊源。不过,这一切还要从法国作家、飞行员圣埃克絮佩里——著名的《小王子》的作者——说起。

1940年,在纽约,圣埃克絮佩里对柏瑞尔说出了这么一句话:"你该写写这些事。你知道吗,你应该写!"这是柏瑞尔等待已久的鼓励和催促,在她胸中酝酿多时的书写非洲的欲望,终于爆发出来。她写下了《夜航西飞》。1942年,在她的第三任丈夫的推荐下,《夜航西飞》得以在美国出版。第二年又在英国出版。但是,因为环境和形势的变化,《夜航西飞》虽然受到了压倒性的赞誉,却没有能像1937出版的《走出非洲》那样,获得可观的销量和"经典"的地位。

三十多年之后,因为海明威长子的一句"你看过我父亲的书信集吗?它们透露了很多事",一个名叫乔治·古特肯斯特的人翻阅了海明威的书信集,发现了海明威在1942年写给编辑马克斯威尔·帕金斯的一封信,信中有这么几句话:"你读过柏瑞尔·马卡姆的《夜航西飞》吗?在非洲时我和她很熟,从不怀疑她有朝一日会在记录飞行日志之外,拿起笔写写别的。如今所见,她写得很好,精彩至极,让我愧为作家……由于我彼时正在非洲,所以书中涉及的人物故事都是真实的。我希望你能买到该书,并读一读,因为它真的棒极了。"

就这样,经由海明威的"推荐",《夜航西飞》重新回到人们的视野。1983年,再版的《夜航西飞》登上了《纽约时报》的畅销排行榜。1986年柏瑞尔去世后,《夜航西飞》登顶了排行榜。值得一提的是,1984年,海明威的第三任妻子玛莎·盖尔霍恩为再版的《夜航西飞》写了序言,将之与卡伦·布利克森的《走出非洲》相提并论。

没办法,同为书写非洲的优秀之作,《走出非洲》是《夜航西飞》不可回避的参照系。

卡伦的非洲,有土著,有丹尼斯·芬奇·哈顿,有布利克森男爵。柏瑞尔的非洲,同样也有土著,有丹尼斯和布利克森。但是,这两个相差十七岁的女人所看到的非洲、所写下的丹尼斯和布利克森,有着不同的面貌。这种差异绝不是对立的,而是意味深长的互补。非洲如此博大,有如此多的面貌,两个女人不过是各自写出了自己心中的非洲。丹尼斯,不仅是卡伦的情人和伴侣,也是柏瑞尔倾慕的英雄和一起飞行的伙伴。布利克森,不仅是卡伦的表弟和前夫,也是柏瑞尔一起探察象群的同伙、一同飞往伦敦的朋友。这两个杰出的女人,曾在同一个非洲交会并存,她们的《走出非洲》和《夜航西飞》,也会在后来者的阅读中交会并存。

柏瑞尔的非洲

《夜航西飞》不是小说,是散文,纪实性的散文。但里面有着传说般的故事和传奇性的人物,所以比许多小说更为有趣,也更具诱惑和神秘。或者也可以说,《夜航西飞》是柏瑞尔的不完全自传。说是自传，因为它是柏瑞尔本人的生命篇章，写的是她所看到所理解的非洲以及她的朋友、她的狗、她的马、她的飞机和飞行。说是不完全自传，是因为柏瑞尔只敞开了部分胸怀。她绝口不提马背和机舱外的私人生活，不提私密的个人情感，不提在众人视线之外的那个自己。

这是一部由一双驾驶飞机、牵引缰绳的手写出来的书，相比自我的小情小调和情感的呻吟倾诉，这双手的主人更关心自然和命运的美与力量。她过的是狩猎、养狗、驯马、飞行的日子，这种日子纵然艰辛，但是绝不沉闷枯燥。她交往的是同她一样非凡而无畏的人，而相比人类，她可能更喜欢那些富有尊严和野性、骄傲又勇敢的动物。她在马上比在地上更自在，她在飞行时比其他任何时候更快乐。她习惯于孤独，更习惯于自由。她不屈从于束缚，也不屑于痛苦。她的人生如此，她的笔端亦是如此，这就造就了《夜航西飞》的率性、大气。

但这并不是说《夜航西飞》就粗疏豪放，缺乏情感。恰恰相反，它在情绪上虽然是平静理性的，它的表达却浸染了丰富的哲思，它的描写更是诗意而抒情的。从中你完全可以感受到柏瑞尔深沉专注的爱，只不过这爱的对象，是骏马和飞行，以及她的非洲。

《夜航西飞》中的非洲，是独一无二、专属于柏瑞尔的。这是她从马背上、飞机上所观察、了解到的非洲，也是更为博大宽阔、更为美丽危险的非洲。更重要的是，不同于其他的书写者，柏瑞尔不是非洲的"外来者"和过客，她是非洲和欧洲亲生的

"混血儿"。她同非洲血脉相连,所以,她能用自己的血肉来体会非洲的韵律和灵魂,用自己的心灵来呼应非洲的生命脉搏。对她来说,非洲是呼吸一样的存在,是她的家园和飞地,而她,则是非洲的"夜航人"。

书里书外皆传奇

书单之王

对于今天的读者而言,哈珀·李并不是声名显赫的作家,毕竟,到目前为止,她只出过两本书。但是,她也绝非普普通通的写作者,因为她是《杀死一只知更鸟》的作者。

《杀死一只知更鸟》很"牛"吗?是的。自 1960 年出版以来,这本书已在全球范围内销售了超过三千万册。由此也可以推想哈珀·李有多少读者。不过,这似乎也没什么了不起,如今超级畅销书层出不穷,销量动辄都是数千万册,《杀死一只知更鸟》的三千多万册还没有突出到令人咋舌的程度。更何况,数量也并不意味着质量,尤其是在某些评论家眼里,"喜欢的人越多,就越不可能优秀"几乎成了屡试不爽的准则。那么,如果不以"庸俗"的销量为标准,又该用什么来衡量或证明一部作品的优劣呢?留给我们的选择是"奖项"和"评价"。在阅读一本书之前,以它所获得的荣誉和赞美来估量其阅读价值,这也是读者的正常反应。具体到《杀死一只知更鸟》,情况有所变化:不必去查看它除了普利策奖之外还得过什么奖,也不必去列数它获得了多少名人的褒扬和背书,只需看一看它被广大读者纳入了什么样的书单、在这些书单中处于什么样的位置,就能够判断出它在读者心目中的地位和价值了。

根据译林出版社外国文学分社所作的调查和统计，在被称为"美国豆瓣"的阅读网站 Goodreads 中，《杀死一只知更鸟》被收入了一千六百多个书单，不亚于经典名著《一九八四》《麦田里的守望者》《了不起的盖茨比》，也超过了近年来火遍全球的《哈利·波特》《冰与火之歌》《魔戒》。而且，在许多书单中它都位居榜首，比如，在"二十世纪最佳图书"中，它超过《一九八四》和《麦田里的守望者》排在第一位；在"每人至少应该读一遍的书"中，它超过《一九八四》和《傲慢与偏见》排在第一位；而在"史上最佳图书""必读经典""死前要读的一百本书""比电影好看的书""夏日最佳读物""改变我的世界的书""会向陌生人推荐的书"等榜单中，它都列于醒目位置。

如果认为"美国豆瓣"的民间书单不够权威，那么，还可以看一看"官方"的统计。在由美国图书馆员评出的"二十世纪小说"书单中，《杀死一只知更鸟》又赢过了《麦田里的守望者》，位列第一；《泰晤士报教育增刊》公布的英国教师"百本最爱读物"中，它紧随《傲慢与偏见》位列第二；2004 年 BBC 观众选出了影响最深远的五部"女性分水岭小说"，它依然紧随《傲慢与偏见》排名第二。此外，它还是英国读者评出的"现代十大最具影响力书籍"之一，是"最受美国孩子喜欢的一百本书"之一。它也是美国图书馆借阅率最高的书，在美国国会图书馆中心 1991 年的"最常被引述"图书榜上，它的位置仅次于《圣经》。看过这些统计，我想，称《杀死一只知更鸟》为"书单之王"，应该不算太夸张。

沉默半个世纪的作家

再回到作者哈珀·李。1926年，她出生于亚拉巴马州的南方小镇，作为律师之女曾学习法律专业。在决心写作之后，她回到家乡，以亲人、邻居为人物原型，以家乡风情和真实事件为素材，用两年半的时间写出了《杀死一只知更鸟》。小说在1960年出版之后便取得了巨大成功，1962年由小说改编的同名电影更是轰动一时，成为影史上的经典之作，获得了三项奥斯卡大奖，也成就了影星格利高里·派克演艺生涯的高峰。但是，在暴得大名之后，李又很快就从公众视野中消失了。自1964年起，她不再接受任何访问，也拒绝对她个人或小说做任何宣传。此后的四十多年，她一直隐居在亚拉巴马，单身，没有子女，也没有新的作品面世。

除了《杀死一只知更鸟》，还有一部作品与李密切相关，那就是杜鲁门·卡波特的《冷血》。为写作《冷血》，卡波特跑到堪萨斯州进行实地采访，李则是一路相陪，因为，他们是非常亲近的发小儿和好友。《冷血》成书之后，卡波特在题记中将此书献给了李。自然，在李的作品中，也少不了卡波特的影子。据说，《杀死一只知更鸟》中的小男孩迪尔，便是以卡波特为原型的。卡波特也为这本书的初版本写下了不吝赞美的推荐语，却一度激起了"卡波特写了此书或参与了其中许多编辑"的流言。所幸的是，此后逐渐公开的大量信件充分否定了这种猜测。

在《杀死一只知更鸟》出版五十五周年之际，一条轰动欧美出版界的新闻再次将李拉回了人们的视线：哈珀·李的第二部作品《设立守望者》在2015年7月出版。这是一部"失落的手稿"，它写在《杀死一只知更鸟》之前，但内容却算是前者的续集。其实这些并不重要，重要的是李又出山了。像她这样沉默半个世纪之后再出版第二本书的作家，也真是罕见。而她的回归也让《杀死一只知更鸟》再次成为热议的话题。

英雄人物的永恒魅力

学者们已经给《杀死一只知更鸟》贴上了这样的标签：南方哥特式小说、成长小说、女性主义小说、教育小说。也有读者将它视为关于种族关系的小说、关于勇气和尊严的小说。还有人强调它对宗教和法律的思考。这些迥异的"定位"和"关键词"，倒是充分说明了它的内容有多么丰富。

这是一个用儿童口吻讲述的、时间跨度为两年的故事：六岁的女孩斯库特和十岁的哥哥杰姆生活在一个名叫梅科姆的南方小镇上。他们的父亲阿迪克斯是一位律师。兄妹俩与朋友迪尔在玩闹中感知着身边的各色人等："可怕"的怪人拉德利，保守的基督教徒邻居，穷苦的郊区白人，严厉的黑人帮佣等。在阿迪克斯准备为一个被控强奸白人妇女的黑人辩护之后，孩子们也经历了让他们迷惑而愤怒的体验：朋友的转变、同学的嘲讽、乡人的恶意、邻居的虚伪。他们目睹了无辜的黑人被判有罪并因之送命，了解到社会和法律对黑人的轻蔑与不公，也认识到种族歧视和阶级差异中所包含的复杂与残忍，还体会到面对生活真相时的痛苦和无奈，更见识到人心的叵测与阴暗。但是，他们依然健康勇敢地成长起来。

在这个包含了南方生活、种族主义、阶级差别、法律、宗教、教育以及性别、道德、成长等诸多主题的小说中，阿迪克斯无疑是最为重要的灵魂人物。正直、勇敢、睿智、坚定、宽容、温和、文雅、幽默，这些词语对于阿迪克斯这个人物，不是浮夸空泛的夸大，而是切实可感的品质、性情和魅力。一旦认识了阿迪克斯，你就会理解为什么那么多人会因为这个虚构的角色而选择从事律师行业，也会理解亚拉巴马州立律师会为什么在1997年为阿迪克斯竖起了一座纪念碑。阿迪克斯已经不是一个文学人物，而是一个完美的英雄、一个真实的传奇、一个活生生的"荣誉的楷模"。所以，在美国电影学会2003年评选百年电影史中的百大英雄和反派时，阿迪蒂克斯作为一名普通律师，能够力压詹姆斯·邦德和印地安纳·琼斯，成为最伟大的荧幕英雄。

当然，人物并不是这部小说唯一的魅力，它还有其他同样优秀的品质：把对现实问题的反映和思考书写得真实、真诚又真切，把故事讲述得曲折、细腻又流畅、风趣。从黑暗、无知的悲剧和不公中写出了勇气、怜悯和正义，从对无辜者的践踏和毁灭中写出了人的尊严和对他人的尊重。当然，它有些理想化的"稚气"和"清浅"，但这反倒让它更有感染力。在脱离了它的时代和现实背景之后，它依然是一部激动人心的、好看的小说。

讲不完的故事，道不尽的人性

英国著名传记作家赛琳娜·黑斯廷斯在她为毛姆写的传记中，以这么一句话作为全书结尾："萨默塞特·毛姆，一个伟大的讲故事的人。"

如果"伟大的"这个词后面，只有一个"人"字，那么，我们可以说，黑斯廷斯作为传记作者，对自己笔下的传主，有着值得赞许但不免个人化的情感；但是，当她用"伟大的"来形容毛姆这个"讲故事的人"时，就不能轻易地给她扣上"感情用事"的帽子了。因为，作为一个写作者、一个讲故事的人，毛姆在讲故事方面，确实有着出色的，甚至是不同凡响的能力。这能力首先体现于他用诸多的作品——根据黑斯廷斯的统计，毛姆一生写出了20部长篇小说、9部短篇小说集、29部戏剧、3部游记、9部随笔集，还有一些未收纳成书的文章和短篇小说——讲出了不计其数的故事，其中既有自传性质的英国青年的成长经历，也有带着异域风味的丛林殖民地官员的人生传奇，还有帝国时代的城市贫民生活和爱德华七世时期压抑的婚姻生活，等等。这些故事，在内容上五花八门、各式各样，其中不乏荒诞的、疯狂的、骇人听闻的，但都被毛姆编织得前后连贯、让人信服，讲述得简明流畅、引人入胜，而且，还带着悬念、幽默，以及趣味和意味。总之，有无数的故事能够证明毛姆这个书写者那炉火纯青、收放自如的讲述能力。当然，毛姆讲故事的能力并不止于讲出好看的故事，更在于他能在故事里讲出"人"来。他讲故事的起始点和落脚点，都是"人"。在他的故事里，总有我们熟悉的人性。对那些幽微复杂、难以明言而只能感受的人性，尤其是那些被平静掩盖的荒谬和疯狂，以及其中的"恶"，他总是以毫不掩饰的态度和无情的"毒舌"加以刻画和描绘。但同时，在许多故事中，对那些发自人性的疯狂和恶，他在讽刺和讥诮之余，又抱有自觉的克制和包容的理解。他以一种英国式的矜持含蓄将复杂的感情和人性隐藏在流畅了当、一览无余的故事讲述中，形成一种既明净又繁复的风格，由是，他的小说便不仅仅是一个好看的"故事"了。

作为一部短篇小说，《信》的篇幅相对较长，算是毛姆短篇尤其是"殖民地"题材短篇中比较典型的一部作品——"典型"并不意味着"最好"，只是它在某些方面更能凸显作者的写作特点而已。就《信》的情况而言，它的"典型"，体现在以其结构的完整、叙述的简洁、对话的精练、节奏的利索非常直观地说明了毛姆把握和讲述故事的综合能力。

《信》的故事始于律师乔伊斯先生和他的客户克罗斯比先生在开庭前的一次会面，他们要讨论的是克罗斯比太太面临的审判：一向优雅得体、娴静端庄的克罗斯比太太开枪打死了他们夫妇的朋友哈蒙德，因为哈蒙德趁克罗斯比先生不在家的时候向克罗斯比太太求爱，并试图强奸她。为了脱身，克罗斯比太太向他开了六枪,并因此而被捕。舆论站在可怜可敬又可爱的克罗斯比太太一边,大家指望并预料法庭会宣判她无罪。就在克罗斯比先生满怀乐观的时候,一封复制的信件交到了律师手里,它的内容,指向的是谋杀故事的另一个版本。克罗斯比太太在律师面前坚持自己的说辞,但是出于对死亡的恐惧,她显现出了众人所不知道的另一种面目。律师和克罗斯比先生同信件的拥有者做了昂贵而肮脏的交易,克罗斯比太太被无罪释放了。虽然残忍的真相再也无法在律师和克罗斯比先生面前隐瞒,但谁能说克罗斯比太太不是个优雅的有教养的女士呢?

显然,这是一个包含了强烈爱恨的犯罪故事,也是一个揭开教养的虚假表象的讽刺故事。对这个故事的讲述,毛姆采用了他自己最为擅长也是最为直接的方式:"旁观者"叙述——虽然是第三人称叙述,但一切都是以律师乔伊斯这个"旁观者"的视角来观察和描写的。我们作为读者看到的,都是乔伊斯所看到的,他眼中的克罗斯比先生,他眼中的克罗斯比太太,他眼中的黄志成,他眼中的中国女人。而乔伊斯的视角,或者说观察,正符合他的律师身份:条理分明,细致入微,清晰明了。从一开始对克罗斯比太太开了六枪的小小疑惑,到收到信件复制件后的短暂惊诧,到目睹克罗斯比太太惊人表现后的尴尬和矛盾,到跟克罗斯比先生说明情况时的直言不讳,再到跟黄志成做交易的过程,直至最后烧掉信件、听到克罗斯比太太的坦白,乔伊斯的行动和经历,从头到尾都干脆利索,节奏不慌不忙。就这样,事件一层层展开,有条不紊;人物一点点变化,清晰可辨。正是借用乔伊斯这个角色的眼睛和行动，毛姆将这个故事，和故事中的种种细节，描写得毫发毕现，令读者宛若身临现场。我们不得不承认，在描写、推进情节方面，毛姆就像他所推崇的法国作家莫泊桑那样，"不仅叙事清晰，并且总是直接又有效"。

与细致描述乔伊斯观察到的面貌、表情、行动和细节形成对比的是，毛姆并没留多少笔墨给乔伊斯本人。他只用寥寥数语提及律师的几次感受，点到为止。而对律师对事件和人物的看法与评判，他几乎完全留白。我们看到，律师观察，行动，偶有感受，却从不评论和判断，更不多愁善感地抒情和感慨。即便面对克罗斯比太太的惊人变化和可怕的事实真相，毛姆也没有让律师说出，甚至没有让他在内心"想到"任何的评判之语。虽然律师承担了叙述视角的功能，但我们看不到任何他对相关事件的思考、评论和感叹。显然，毛姆有意把判断和评价的权利，留给了读者。不做评判的评判，也是典型的毛姆式评判。不过，从另一方面来说，正是因为缺少评判和抒情来烘托、营造氛围，故事便显得过于鲜明清晰而清冷，也因此，人们才会对毛姆的短篇小说产生这样不能说不传神的感觉：像是没有任何气氛的"类型"画。

其实，毛姆并不是不营造气氛，他只是不用描写来营造气氛。就像在《信》中这样，他将气氛隐藏在了对话中，这也充分显现了他写对话的能力。《信》中的对话，不仅推动着故事的发展，更是非常重要的叙事手段，也是营造气氛、表达情感的有效途径。律师和克罗斯比先生、克罗斯比太太、黄志成等人之间的对话，体现出不同的关系、不同的情境、不同的信息传达，包含着情绪的变化、身份的变化、心理的变化、语调的变化，其中的疑虑、不屑、惊诧、痛苦，其中强烈的爱和恨，不需明言，读者也能体会。

《信》中值得一提的还有对克罗斯比太太的描写，有着毛姆作品中不多见的夸张：她的优雅和冷静，她的狰狞和疯狂，尤其是她在优雅和狰狞之间的转换，都被赤裸、鲜明地呈现出来。毛姆尤其刻意地刻画了她的可怖丑相，在他直白到显得粗暴的描绘中，克罗斯比太太的疯狂，就像是冰封之下的热焰喷薄而出，令人胆寒。事实上，毛姆对人的疯狂，或者说对人性中"平常的""不普遍现象"，保持着持久而浓烈的兴趣。克罗斯比太太，作为《信》这个故事的真正主角，正是不普遍现象的一个"平常的"代表，因而也是毛姆所着意书写的角色，但过于着意往往会失于刻意。

也许在今天看来，毛姆的故事，尽是关于旧时代、旧秩序的，而他讲故事的方式，皆是十九世纪式的、过于传统的，甚至于他的写作本身，就缺乏深刻的现代理论的支撑。这些真实存在的"过时"也确实让毛姆一度失去了吸引力。而即便是在毛姆的时代，也有评论家，如埃德蒙·威尔逊，认为他"只不过是个二流货"。但是，就如我们不能因为毛姆对亨利·詹姆斯的批评而轻视亨利·詹姆斯的文学写作一样，我们也不能因为一个偏爱亨利·詹姆斯的文学评论家的蔑视就忽略毛姆的小说创作和文学创造。毕竟，在文学中，不可能只存在一个标准的哈姆雷特，也不应该只有一个标准的哈姆雷特；在文学中，也没有完美的作家和完美的作品。如果抛却那些时代性的文学衡量标准，抛却那些现实目的性的阅读选择标准，你会发现，即便是在当下的文学视野中，毛姆也依然是一个非常优秀的作家，一个无与伦比的讲故事的人，他依然能够给相当一部分读者提供相当程度的阅读乐趣。

| 细读 |

当写作从风格开始
——谈于一爽的创作

一

初识于一爽的文字,是在微博上。

"喜欢一个人,希望摸摸他的大衣就怀孕。""也不知道当尼姑好不好,至少不用剪完头之后想杀理发师。""一直不停说话,是担心突然停下来我会亲你。""因为车里没有墙,只能靠你身上了。""结婚就是两个人一起坐在沙发上看电视不看对方。""在开会,也不知道胡子长出来没有。""雾大,没找到自己家,进了别人家,后来,离婚了。""家里没烟了,搬家。"

这些文字"脱口秀",言简意赅又奇峰突起,没头没脑却不乏意味,在言辞汹涌众声喧哗却陈词滥调千人一面的社交平台上,就似酷热中的一阵清风,吹凉了我的眼睛,让我迅速成为于一爽的微博"粉丝"。我得承认,对于这种风格的言谈和文字,我有一种不能克制的偏爱。当然是因为它与众不同。虽然在这个连跟别人"撞衫"都无法忍受的年代,"与众不同"已成为必需,已被众人追逐成了一种姿势和常态。但也正因为如此,新鲜的独特就更为宝贵。而比新鲜更宝贵的,是有趣。比有趣更宝贵的,是真实。我在于一爽的微博里看到的,就是这种真实的、有趣的、新鲜的"与众不同"。它活生生、翅楞楞，带着一种黑色幽默的、无厘头的酷劲儿。我的感觉是，能写出这种话的人应该是有文字天分的，不然何以能用短短的一句话就呈现一个鲜明的场景、浓缩一个荒谬的故事甚至是一种怪诞的人生呢？于是我忍不住猜想，这样的人要是写小说的话，会写出什么样的作品来？

然后就看到了于一爽的书——《云像没有犄角和尾巴瘸了腿的长颈鹿》。名字长得简直离谱，还有点儿让人摸不着头脑。但是，形象、新颖、有趣，让人一见难忘。而且，其中的随性和突兀，也很"于一爽"，跟她的微博风格如出一辙。

但这本书却不是小说，也没有那么"逗趣"。如果非要把它归入一种文体的话，应该算是杂文吧。书中四十多篇文章，写了足有一百次饭局，更确切地说，是酒局。难怪有人说它是一本"饭局书"。于一爽自己的说法是，此书写的是那几年"喝酒喝酒再喝酒，胡话胡话再胡话"的生活。所以，如果统计的话，会发现书里出现频率最高的是"喝"字，然后是"酒"字，再然后是"大"字——"喝大了"的"大"。然而，文章里"酒"字虽多，酒意却是没有的。酒话不少，却是一丝儿也不混乱。因为，这是以非常清醒的文字记录下来的酒局和胡话。清醒到什么程度？"实录"的程度。

"实录"应该是对《云像没有犄角和尾巴瘸了腿的长颈鹿》（以下简称《云》）比较贴近的定位。实录是一种自然的、诚实的书写形态，也就是于一爽说的"怎么生活就怎么写"。这样的书写有点儿像是照相，最突出的特点是真实准确，笔像镜头一样定格场景、呈现细节，意欲客观展现，拒绝主观修饰。当然，实录不一定就要翔实，并不要求事无巨细全都写出来，该跳过的和想略去的都可以缺席。实录也不一定就得详尽，不是非要工笔到丝毫都分明，素描勾勒一样可以传神。于一爽就是这么做的。《云》中的文章都是开门见山直捣黄龙，不作铺垫，也不加铺展，不过三言两语便勾描出一个场景和画面，然后毫不迟疑地转向下一个。再加上语气中那种云淡风轻、不动声色的派头，整体上就呈现出爽快、直接、简单、明了的风格，正是所谓的"干净利落"。

当我们说一个文本追求"客观真实"的时候，通常也是在暗示它在主观情感上的禁绝倾向。但《云》的情况并不通常。这可能同它的性质有关。如果非要往宏大里说，你也可以说它是以饭局来写北京的"真假文化人"，写文化圈里的某些生活样态和片段，写千百种人生中的某一种、某几面。但是，在我看来，它更像是于一爽的私人日记。一个人的日记常常是为自己而写，是自己想写就写，写的也通常就是自己。所以，哪怕它的语调再冷静、叙述再客观，它也是相当个人和感性的。就如这本《云》，作为于一爽的"酒事写实录"，显然是情在其中人也在其中的。虽然于一爽"小隐隐于酒桌"，只写酒事，不剖心表白，也不感叹抒情，但是，她同时又是坦荡诚恳的，对于与酒事相关的自己，不加掩饰，也不委蛇矫情。毕竟真身隐不住。于是，你看到的不仅仅是一个个地方的一场场酒局，你更看到了在这些地方这些酒局中的这么一个人——一个由言语和表现、感受和表达所构成的"形象"。《云》中的于一爽似乎是这样的：有一些小悲观、小伤感、小感慨和小虚无——说"小"是因为她不放大也不放任这些东西。她试图对这个巨大的世界报以"巨大的冷漠",可惜又内心敏锐,感受丰富。在一定范围内她确实也淡漠虚无,很多无所谓,对许多事情都是"也没什么",对许多东西也都"可以理解",对他人也总是在内心保持距离。但同时她也观点鲜明,目光锐利。她明确地厌恶装饰性的事物和装腔作势,也不愿活得那么精明理性,喜欢顺其自然、率性随意,因此表现得爽快洒脱,也很自我。可是,人怎么可能像说出来的这么简单绝对呢?要真追求准确全面的话,只能采用杨葵的说法:在这本书里,有更立体、更丰富、更深刻的于一爽。不过,即便我们误读和错解了这本书,应该也没什么关系,因为于一爽对于别人是否理解、怎么理解她的酒局生活和她本人,似乎并不太在意,她的态度是"谁爱怎么认为就怎么是吧"。

《云》本就是随性而出的,因此,它的文字没有经过打磨和雕琢,但依然形象传神,现场感和生活气息都很强。读起来会感觉那些句子与其说是写出来的,不如说是说出来的,而且还是带着北京口音说出来的。这种文字的优点是自然通俗流畅,缺点也是自然通俗流畅,失之白、直、流水账,过于平淡的语气和不加过滤的记录,未免干瘪、单调。而且,整个叙述还真是"想到哪儿写到哪儿"的原生状态,完全没有谋篇布局的意图和实践。起码在这些文章里,于一爽不是太在意言辞和结构上的"艺术性",也许是因为她并不在意它们的阅读效果。但这并不妨碍它们产生效果。你看,如果一本写酒中生活的私人记录,让你在看完之后,产生了喝上那么两口的欲望,同时还对作者有了一个初步的认知,也了解到另外一些人的某种侧面和特点,那么,无论它本身有没有以上的目的和意图,无论作者本人在不在乎,它在客观上已经实现了自己的书写效果和阅读效果。

然而,以上的优点和缺点都不如这一点重要:在这些文章中,于一爽显示出自己在书写中的克制。这是与"张扬"相对的克制,体现为情绪的抑制和表述的简洁。她的笔只在必要的"事实"上停留,对于想象烘托和情感渲染,则是宁省毋繁、宁缺毋滥,所以笔下只有枝干、纸上多有留白。这种克制对于书写者来说,并不是轻而易举就能获得或实现的,因为它非常考验对文字的掌控能力和把握信心,考验作者在简练中能否充分表达和准确描述。于一爽似乎是非常自然地就做到了。这显然是她写作上的优势。

于一爽还有另外一个优势:自己的腔调和文风。尽管是微博这种"小文字"、酒局这种"不正经的事儿",她依然能写出独特的真诚又淡漠的叙述腔调、简练又传神的文字风格,还有一种不好捉摸的意味。而当一个写作者有了把控自如的文字能力、独具个性的腔调和鲜明的语言特色,我们也就有了足够的理由去展望并期待她的写作前景了。

二

虽然《云》中的语句较为平淡直白,微博中的言语更为强烈跌宕,但就本质而言,它们还是同一种文字,都属于天然的、本性的、自发的书写，或者说，都是于一爽的"本我"式书写。"本我"式书写面对的主要是作者内心的表达需求，书写是因为自我的需要和欲望，而不出于理性选择，所以它更关注于"写出来"，而不是"写什么"和"怎么写"。这当然无可厚非。不过，一个有志于文学创作的写作者，不可能永远只依从天赋和天性作"下意识"的率性表达，他早晚要经受既定规范和理性的"权力"规整，迈向一种"有意识"的写作，如此，才会获得更宽阔的写作空间和更长久的创作生命。也许就是因为认识到了这一点，于一爽才会在《云》的序言中宣告，自己"再也不会这么写"了。果然，她的新作《一切坚固的都烟消云散》（以下简称《一切》）呈现出了另外一种面貌。

《一切》是一部短篇小说集。在这本书里，于一爽将目光投向了"外部"，开始写"他人"的生活。她在不同的短篇中写了不同的"余虹"和"刘明"，写他们的关系、交往，他们的心理、状态，他们的都市生活的某一切面。但是，这些不同的"余虹"和"刘明"又始终是那同一对角色，他们妆容不变，戏服不变，道具不变，上演的剧目也不变，甚至连演出的地点也没有变化。所以，这些小说虽然各自成篇，实际上却一脉相通，从外到内都具有统一性。从表面上看，《一切》建构起了一个属于"余虹"和"刘明"的世界，但在实质上，这个世界还是于一爽的。它搭建在于一爽的自身经验之上，"余虹"或"刘明"的某些特质，来自于一爽本人的某一面"自我"；他们的心态、状态和经历，某种程度上折射的是于一爽自身所涉的生活。所以说，《一切》

基本上仍然是一部表达自身经验的作品。不过，这样的表达，却是主观意识的选择。不仅是因为被书写和表达的"经验"本身就是思考和提炼的结果，也是因为作者是从诸多的生活表象和人生形态之中，有意识地选择了特定的经验作为书写内容、特定的方式作为表达途径的。

由此可见，文体并不是《一切》与《云》的最大差别，《一切》的改变在于，它已然是一种"有意识"的写作。如果说《云》是于一爽的"本我"式表达，那么，《一切》可以说是她的"自我"式表达。至少在潜意识中，《一切》有着预设的自我之外的表达对象。从"本我"到"自我"，这一差别固然不能从"进化论"的角度来衡量，但不可否认，就写作所必需的技术性而言，这是一种具有"进化"性质的改变。这一转变当然也是文体的必然要求。小说毕竟是一门叙事的艺术，"叙事"可以是随性的流水账，"艺术"也可以是无心的信手涂鸦，但是两者相加，必然会在相当程度上要求对题材、形式、情感等元素的审美选择和把控，也就是所谓的"艺术考量"。作为小说的《一切》，应该就是经过了如是艺术考量的具有一定自觉性的叙事。

微妙的是考量的度。于一爽并没有像其他的写作者那样，在文体范式的框架内，重视并追求"艺术考量"的实施和效果。《一切》中的小说，基本上都没有完整的故事和连贯的线索，也没有清晰的主题和明确的意义。它们不过是呈现一种人生形态和某些关系状态、一些生活细节和几种情景，而且是以一种松弛的态度来呈现。你不要指望能看到通常意义上的叙事高潮，因为它们没有通常意义上的冲突和矛盾,一切本可以形成的冲突和矛盾,都被于一爽消解了。它们甚至都没有多少可被清楚复述的情节。显然,于一爽既无心于讲故事,也无意于提炼价值,她只是陈述"事实",哪怕是看起来没有逻辑关系而且也微不足道的"事实"。她用一种卡佛式的"极简主义"来描述细节、勾画场景,但是,她的叙述比"极简主义"更为任意和散漫,更为目的不明,所以指向也更加含混,内涵也更加模糊。你很难确定,那些"事实"到底意味着什么,又想表达些什么。看起来,对小说所要求的与形式、结构、逻辑等有关的"艺术性"指征,她并没有花费太多的心思和工夫。她把那些所谓的"艺术考量",降低到了几乎最低的程度。这么做的结果就是,这些小说在叙事逻辑和表达指向上,与传统的文体规范有了一定的距离,几乎是踩在了小说的边界线之上。

幸运的是,在文体界限日渐模糊也可以模糊的今天,"踩线"已经不再被简单粗暴地定义为缺陷,反而常被视作"风格"或"个性"。就像美国作家莉迪亚·戴维斯,她的作品中有些是断章,有些是内心独白式的片段,有些是童话式的故事切面,有些甚至只是一种场景速写,总之,已经不再是传统意义上的小说文本,但是,它们却被当作小说,受到了评论界的赞誉和文学奖的加冕。所以,问题不在于写得踩不踩线,而在于踩得是不是有创造性、是不是足够独特和优秀。就《一切》来说,它的"踩线"至少没有影响到它作为小说的表达,而且,在效果上获得了相当醒目的独特性,反倒成就了自己在叙事上的辨识度。

其实，无意于叙事的经营和构造、叙述中混合了自觉的抑制和不合常规的任性，是于一爽在《云》中就已呈现的特点，只不过在《一切》中，这些特点表现得更为自觉，更为典型，也更为风格化。除此之外，她在《一切》中还保持了在《云》中就已经形成的腔调和文风：简单传神的文字，平静淡漠的语气，颓然无谓的口吻，难以捉摸的意味。而如果你从那种硬朗的简洁中读出了平静之下的荒谬和冷漠背后的伤感，你也许会莫名想到布考斯基，特别是在读到"我来跟你说说"这样的句子时。总而言之，《一切》和《云》的外在气质不乏相似之处，而它们的精神内核也有所贯通，都包含了下意识的全面解构和无以着落的终极迷茫、悲观消极的内心和微量颓废的精神等。这就是于一爽的写作在变化中的不变。毕竟，"本我"和"自我"都是"我"，都是"于一爽"。有些源自本心的东西，比我们想象得还要忠贞、专一，比所有坚固的都更难消散。

三

小说写作发展到今天，我们显然不会再持有"小说一定要讲一个完整的故事"的观念。可是，对于故事是否一定要有意义、是否一定要有"升华"和"提炼"的可能与空间，似乎见仁见智。不得不承认，在传统上我们首要看重的，是小说的"载道"的价值。当然，我们也承认风格的价值。但是，当风格脱离了故事和意义的时候，怎么判定和评价它的价值，似乎还没有形成不被质疑的共识。在这种情况下，一个问题就浮出了水面：在当代小说的书写中，仅凭自我风格便可以立身了吗？这也是于一爽在《一切》的序言中所提到的问题。就《一切》而言，在它缺少明确的故事、主题和意义的情况下，是不是风格就能赋予它足够的存在价值？我们会不会满足于仅仅谈论它的风格或趣味？

在我看来，在相当程度上，这应该是个伪问题。因为，除了纯粹的形式上的风格，其他的叙事风格并不是独立存在的，它们必然同文本的内容相连接，只是连接的紧密度有所不同而已。反过来，内容作为文本表达的必要元素，本身也是构成叙事风格的一个因子。所以，当我们谈论风格的时候，也必然要包括相关的内容因素。而在这些内容及其表达之中，总是包含着某些能够让我们有所感知的东西，哪怕它们并没有在作者的意图中存在。它们可能不是动人的故事，不是宏大的主题，也不一定具有宏观上的意义或深刻的内涵，但是，这并不意味着它们就没有被表述的权利和价值。

其实，《一切》并不面临这种需要申辩自身价值的尴尬。因为，即便不考虑故事、主题和意义，它依然能够在风格之中和风格之外，为我们提供一些明确的东西：一种类型人物、一种生存形态和一种关系状态。

类型人物就是"刘明"。于一爽用简单粗暴的统一命名表明，名字不过是符号，符号所指向的，不是单独的个案和个体，而是一"类"人。《一切》中的"刘明"们，并非通常在小说中所见到的典型的年代人物、阶层人物或地域人物。他们三者皆是，是生于七十年代的中年人、受过高等教育的文化人、大城市里生活的都市人。这些人在世俗的意义上算是小有所成，但内心却早已崩塌。他们不再信仰任何东西，包括爱情。对生活也不抱什么幻想和希望，所以很难快乐。他们很少争取，不仅不争取，还会轻易放弃，因为悲观，也因为欲望压不过疲惫和厌倦。事实上他们的欲望大多不过是一时的冲动，微弱，转瞬即逝。所以，即便他们偶有失望，也很快恢复平静。他们不无智慧，但看不起别人，更看不起自己。他们自我封闭，既不愿别人了解自己，也不愿自我审视。因为没有了表达的需求，也厌恶表达，他们跟别人无法交流也无从交流。"生活随便怎样，他们照样那样"，从不寻求改变现状，只是下意识生活，在半麻木半自欺的状态中一条道走到黑。这不是因为坚持，而是因为没有否定和改变的力量。内心的无望和恐惧让他们自我放弃，因为"害怕失败那么干脆从一开始就把自己毁了"，所以就困在生活的瓶颈中，"自己玩儿自己"。当然他们也是善良的，又是懦弱的，更是无聊散漫的。总而言之，对于这样的人而言，可能就是"一切坚固的都烟消云散"了。在于一爽的素描笔法下，"刘明"们的形象是鲜明的，但他们的面目却是模糊的。因为他们的生命形态就是模糊的没有态度的。你能看到他们的举止言谈和轮廓，却看不清他们的表情，更无法看清他们空虚的内心。问题是他们自己也看不清，也不想看清。他们在生活中的存在就是这么一种表面自如内里尴尬的形态。

这类人物所架构的男女关系自然也是独特的。像朱文一样，于一爽在关注性的同时也完全地消解爱情。在《云》中于一爽就曾表明,"对那些视感情至死都不肯幻灭的人有点儿蔑视",也有点"恻然"。她认为"一早对感情放弃信仰更具智慧"。这一观念在《一切》中得到了充分的实施。《一切》中没有通常意义上的爱情,只有男女间的交往。"刘明"和"余虹",像恋人又非恋人,像夫妻又非夫妻,有关系又没关系,有情又似无情。两人之间唯一能够确定的,就是性的关系。因为在大部分时候,他们的心灵与情感都是相互隔绝的,而他们也并没有采取行动相互靠近,哪怕相距不过咫尺,他们只能靠肉体来发生关系。不管这种相交是什么性质和状态,也都是暂时的、变化的。因为在他们的世界,速朽是常态,未来无从预料,永恒更是荒谬不可信。往往还等不及有必要的了解,两个人就已经疲倦了。所以,他们对彼此不抱幻想也不存期望,性关系也总是莫名开始、莫名结束。这并不是因为他们不愿意去爱,不过是没有爱的动力和能力罢了。

不与爱情捆绑的性,可能更为轻便和纯粹。在这样的关系中,性有更大的可能是其所是,因为它不背负什么,也不象征什么,更不是一种对抗和颠覆。但是,在许多时候,仅有性又是不够的,它多多少少、真真假假都要通向某种情感或联结。所以,"刘明"和"余虹"之间,也绝不仅仅是性的吸引和需求。尽管于一爽一再地表明他们之间的疏离和无情。比如,两个人无端分手了、失联了,没有人采取对策,也没有人想念。甚至"刘明"或"余虹"死了,另一个人不仅哭不出来,连难过也不曾有丝毫显现。就像总是把惨烈的死亡写得非常平淡,于一爽也总要把本来存在的情感写得不露痕迹。但是,你不会相信他们是真的无情，因为从表面的冷静淡漠和无动于衷之中，你读出了悲哀和伤感。这是对内心破碎的悲伤，是对爱无能的悲伤，是对无力也无从改变的悲伤，也是对无法悲伤的悲伤。而他们的"无情"，也正是为了避免这样的悲伤。

这悲伤只能来自作者的同情。于一爽在《一切》中唯一流露的情感，是同情。她可能不喜欢她笔下的人物，但她依然同情他们。而这同情并不是源自占据道德高地后居高临下的怜悯，事实上你在小说中看不到于一爽主观性的道德和价值评判——这也许是难以为《一切》确定意义和内涵的原因。但这并不意味着她作为写作者在文本中就屏蔽了自己的道德守则和价值理念。作为社会人的我们不可能没有自己的道德感和价值观，而一个人的文字也不可能脱离他的道德体系和价值判断。在某种层面上，道德是无处不在的。那么，关于《一切》的一种可能是，于一爽对道德问题的认知比较谨慎，所以在展现价值观和道德感方面的克制，要超过在叙事上的克制。这当然不是问题。文本中的道德，就像是希腊神话中伊卡洛斯那蜡与羽毛所做的翅膀，固然不能飞得太低，但也不能太高，否则一样面临毁灭的灾难。尤其是在《一切》这种并不意图挖掘艰险人生和暗黑人性的文本中，挥舞道德大棒，进行价值臧否，未免显得粗暴，反倒是反道德的。如果你面对的只是当代生活中那些"乌漕、浑浊和伤感的真相"，同情也许就是最大的道德了。另外一种可能是，于一爽本人的道德观相对"宽容"，也许更倾向于现代的"人道主义"，尊重人的存在自由和生命形态，理解并同情人的生存处境。其实，这样的尊重和理解应该是现代人最基本的道德,虽然在某些现实环境中仍然是难得而宝贵的。因此,她不可能在《一切》中作出除了同情之外的其他道德评判。这两种可能性也许同时存在。不论如何,它们都可以证明,当写作不追求价值判断下的宏大意义和内涵表达时,也并不意味着道德体现和自身价值的缺席。

那么,如果要以传统的标准来明确评价的话,《一切》作为文学作品的"价值"又体现在哪里?也许,以自己的风格写出这类人物、这种存在形态和关系状态,同时又表达了这种同情,就是它独有的文学"成就"。至少,之前它们并没有被如此鲜明真切地表现出来过。

其实,对于像《一切》这样的写作,技术上的成败得失、意义上的高低深浅,并没有那么重要。它的洞察和表达,再加上独特的叙事,构成的是一个有内容有风格的特色文本。这样的文本在当代的短篇小说中,是一种特异的存在。它特异在不仅能引起我们对其本身的关注和讨论,也能引发我们就小说的规范和边界问题进行思考和辩论,甚至还会去探讨和展望小说的发展趋势和可能性。所以,仅仅用技术和文本成就来讨论《一切》的存在与价值,是不够全面的。

产生这样的效果也许并非于一爽的本意。但作者的写作意图同样不重要,重要的是书写的结果:于一爽的写作从一开始就彰显出有个性的自我风格,到目前为止,她实现的是一种有特性的书写。当然,有特性不一定就精彩,但是,在某些时候,特性甚至比精彩更重要。在外部世界和个体经验都更加敞开流动、更为细化碎片化也更难以本质化的今天，小说创作最需要的，可能并不是细节的丰富、内容的扩增和形式的翻新，也不是已有形态的进一步圆熟完善，而是更多元的形态和更宽阔的边界。这就要求我们有更多的尝试和探索，同时也更为包容和开放，比如让主流之外的经验和表达——那些小的、碎的、平的、模糊的、变异的、奇特的、自我的——能够自足而充分地生存和发展。就是在这个意义上，当特色和个性能够实现新的样态与可能时，它们的价值也并不亚于成熟完美。而相比于从技术出发的写作，像于一爽这样从风格出发的写作，也往往会释放或走向更多样的可能性。

不过，反过来说，特性也会变成禁锢和限制。正如于一爽自己也意识到的那样，如何在天赋和优势的基础上形成更为自觉的写作，如何摆脱经验和题材的局限，为风格找到更丰富的形式和更宽阔的出口，是她下一步不得不考虑的问题。要解决这些问题，她也许应该从一些"增减"开始：克制下意识的随性，减少对自身经验的依赖，增加在现实之上的想象。至少，在发挥特性的时候，再多一些"自律"。因为，即便是不考虑其他，单纯追求风格，"自律"之后的风格也会比自发的风格更为长久有力。

心灵在都市里的跋涉

——从《千万与春住》看张欣都市小说的独特性

一

在阅读和谈论张欣小说的时候，总会出现几个关键词：都市、浮世情仇、女性……其中，"都市"这个词语现身的频率最高，声音也最为响亮——不管是前期的《谁可相倚》《为爱结婚》《不在梅边在柳边》《浮华背后》《终极底牌》《锁春记》《深喉》，还是新近的《千万与春住》，都是对城市人物与都市生活的书写。专业的评论者也多将张欣的小说视作"都市小说"，并纳入当代"城市文学"的范畴内进行审视和考量。比如，评论家雷达为2014年出版的张欣作品集作总序的时候，便将张欣的小说称为"当代都市小说之独流"。

不管是从阅读的角度，还是评析的角度，将张欣的作品同城市以及城市文学相联结，应该都是无可争议的——在城镇化快速发展的今天，随着生活中的城乡分野越来越难以壁垒分明，"城市文学"这个概念，包括其内涵和边界，也变得更加宽泛和模糊。对什么样的作品才算是城市文学、城市文学应该具有什么样的品格等问题，质疑和争论好像一直不曾断绝。至少，在城市文学到底是宽泛的"写城市的文学"，还是具体的"表现出现代都市精神的文学"这一问题上,还没有形成明确的共识,以至于一些作品在被笼统地归为城市文学时,似乎不够理直气壮,经不住穷根究底的质询。但张欣的小说不会导致这样的犹疑,对它的命名,并不需要经受作家王安忆所说的那种界定城市文学的痛苦,便可以取得"都市小说"这个共识。

何以如此?原因很简单:张欣的小说有着确凿无疑的"都市性",并且鲜明到了即便跳出文学命名和写作归类的框架也无法忽视的程度。事实上,并不需要深入的专业阅读也会发现,张欣所书写的,是完完全全、确确实实的都市经验,或者说,是纯粹的、典型的都市经验。这个结论当然不是因为张欣笔下的人物都生活在城市,故事也都发生在城市——仅仅如此,可能不过是表面化地"写城市"而已。最本质的原因还是,张欣所写的人物,比如《千万与春住》中的夏语冰、滕纳蜜、周经纬、薛一峰,《不在梅边在柳边》中的蒲刃、梅金、柳乔乔,《锁春记》中的庄芷言,《狐步杀》中的苏而已,《泪珠儿》中的沁婷,等等,不只衣食住行是标准的都市化,他们的言谈举止,他们的观念和意识、话语逻辑和思维方式,也都渗透着城市文明的要素和都市精神。他们是在现代城市文明的熏陶之下,在都市生活的方式、规则、节奏以及趣味之中,与城市天然、完全融合的一类人——在这里,他们没有乡愁,没有漂泊感,没有自我身份的分裂和怀疑。他们从质地、肌理,到骨血和灵魂,都被深深烙上了城市的印记,因此他们属于,也只属于都市——你无法想象,也难以相信,语冰、纳蜜、小君,以及梅金、沁婷、野晴等人物会以既有的形态生活在城市之外的其他地方。而他们的故事和人生，也只有发生在城市，才会出现我们所看到的发展和结果，才会有那些触动我们的现实处境和精神境况——只有在城市的语境之中，语冰和纳蜜才会遭遇如此的爱情、友情、亲情，才会经历这般的人性检验和困厄，正如只有在城市里，梅金才能实现人生的逆袭，蒲刃才能规划周密的复仇，刘嘻哈也才能完成跌宕起伏的人生转变。

如果说张欣作品中的"都市性"是毋庸置疑、不言自明的，那么，理解张欣作品的关键，也许不在于它们是不是都市小说，而在于它们是怎样的"独流"。毕竟，"写都市经验"是一个题材选择的问题，"怎么写都市经验"则是一个写作识见和能力的问题，相较于"为什么是都市"，"什么样的都市经验"也许更值得探究，而张欣小说的"独流"之处，也正是从这一问题上发端并延伸的。

首先是张欣对城市的认知和书写态度。具体在作品中，就是城市处于什么样的地位、体现什么样的价值。能够看出，同她笔下的人物一样，张欣对城市是自然接受、坦然相对，甚至是天然融合的——她不是城市的"外来者"，不会像一个"旁观者"那样打量并评判城市，也没有外来者试图融入城市时那种爱恨交织的矛盾感情；她也不是城市的"反叛者"，既无意于逃脱那些所谓的城市生活的压力和困境，也无意于控诉城市及其所代表的欲望对个体的挤压、变形或异化。对于城市，张欣既没有透露出潜意识的敌意和贬低，也没有表现出有意识的仰视或赞颂，仿佛对她而言，城市并不是一个与主体相对应的"客体"，虽然也是故事的发生地和人物的生活地，却是一个自然、自发、自足的存在，无需说明，无需分辨，也无需评判。所以，在张欣的笔下，不论人物怎么变换，故事如何发生，城市就是其本身，以其自然样貌天然存在，并且"独立"存在——不是作为另一个场域比如乡村的对立面或对照面，也不是作为被人物需要的关系物而存在。而她书写的城市经验，既不是城乡结合式的，也不是城与人的关系式的，亦不是地域风情式的。如果非要说张欣笔下的城市是什么，作为人物身心俱在的一个处所，它更可能是人物的组成、生活的组成，是人物主体的一部分，或者说，对人物而言，城市即自我。既然人与城是一体的，那么两者的"离合"关系就无从说起，也无需说起了。这就是为什么，纳蜜、语冰也好，梅金、沁婷也罢，都不会刻意去审视自己的城市，不会去质疑自己对城市生活的认同和融合，也不会度量城市对自己的价值和意义。即便他们不经意地"意识"到城市的存在，也会像意识到自己五官、手脚的存在一样自然、自如，没有异己感和需要被辨别的特别之情。

二

张欣对城市这种"纯粹"性的态度和认知，放在城市叙事，尤其是城市文学的发展行列中来看，并不是常见的。世界文学中的"城市文学"，于中世纪形成之时，是作为与"骑士文学"相对应的"市民文学"而出现的，但是将之作为一个被命名的概念和课题来衡量和研究则是晚近之事。中国的城市文学亦有类似的情形。近现代时期的城市书写,首先发展于通俗文学,比如鸳鸯蝴蝶派小说。随着现代文学的成熟,所谓的"严肃文学"中也出现了越来越多的城市叙事,一些后来被认为是城市文学的作品也纷纷问世。那么,在此时的城市文学中,城市大致是什么面貌或地位呢?如果说之前鸳鸯蝴蝶派表现的城市多是猎奇、娱乐甚至是丑陋的,那么"严肃文学"中的城市则多是被批判、被审视的。比如著名的城市文学代表作《子夜》中,城市生活是社会性的、时代性的,包含着令包括作者之内的"观者"惧怕的力量。而在张爱玲、苏青等女作家那些被认为具有"市民文学"意味的作品中,城市及其生活所展露的,更多的还是压迫性的、无情的一面。

在城市经验更加充裕的当代书写中,对城市的观感和态度又发生了什么样的变化呢?我们看到的情况是,在那些为读者所熟悉的较为重要的城市书写中,城市经验多是作为乡村经验的对照、补充而存在的,在本质上,它们仍然是城乡二元式或结合式的。而那些脱离了城乡对照的城市文学,也并没有让城市摆脱不是被建构便是被解构的命运。许多的城市文学总是自觉不自觉地让城市作为人的关系物而存在,或者让城与人对立——城市作为"恶之花"盛开的地方,释放着诱惑和欲望的力量,造成让人焦虑、迷失的困境,成为心灵或精神牢笼的象征,需要被逃离;或者让城与人组合——城市作为装饰性的元素,是姿态、趣味和风情的标志性符号,点缀着主人公的生活和美学形象;又或者让城被人抵消——城市融于无边无际的具体生活之中,化为可以被替代的无形存在。还有一些较为宏大的城市叙事,则让城市承载着历史的沧桑、时代的变换,化身为命运的某种隐喻或文化的某种指代。总而言之,在当代的城市文学或与城市文学相关的作品中,城市所遭遇的,要么是有意识的警惕,要么是潜意识的贬低,要么被符号化,要么被赋予抽象意义,不论哪种情况,城市都是被当作被建构的"他者"或被命名的"客体"来对待的。就连被公认为城市文学标准之作的《废都》和《长恨歌》,也多多少少不免于此等对待城市的"常态"。

那么,在曾经的城市文学作品中,有没有与张欣作品类似的较为"独立"又不含贬义的城市观照呢?"新感觉派"应该能够提供一个答案。在《都市风景线》《上海的狐步舞》乃至《梅雨之夕》等作品集中,固然对城市生活的描写有时流于表面化,但都市在其中"天然"般地存在,无须与他者对照或关联;文本所表现的生活以及人物——"声光化电"和"都市摩登",也都具有纯粹的都市性;作者对细节和场景的勾勒与描画,包括对速度和时间的感受、对现代化的强调,也都表现出对都市本身的肯定和认同。概括而言,穆时英等人对城市的书写态度,包含着对城市"自在性"的尊重和不失善意的认知,这样的姿态,到张欣这里有了另一种风格的回响——比如,少了浮夸和颓废,多了日常和平实。于是我们便看到了《千万与春住》《谁可相倚》《浮华背后》《深喉》《对面是何人》《终极底牌》等小说中"是其所是"的都市样貌:既不是飞地也不是秘境,既不是过去的也不是未来的，既不是抽象的也不是变形的，既不是理想的也不是罪恶的，而是自在的、当下的、常态的——如果有病态，那病态的也只是人，而不是城市。

三

当代的城市经验，如此丰富、驳杂、多元，不同的写作者对此又有不同的感受和思考，因而对城市经验的书写不可能也不应该只有一种形式。是抽象还是具象，是现实反映还是象征隐喻，只是表达形式的不同选择，很难说哪种形式最有效，更不能断言哪种形式最有价值。对写作者而言，重要的是找到一种具有自我特征的介入方式，并以切实可行的叙事模式，表达出自己所认知的城市经验以及相应的蕴涵与思考。张欣所选择的方式，是以现实性叙事为中心，在柴米油盐的都市日常中讲述爱恨情仇的人生传奇，展现现代都市的丰富样貌，塑造现代文明背景下都市人物的心灵肖像，并将这些面目嵌入时代面貌的驳杂拼图之中。《千万与春住》便是这样一个文本。

张欣曾说自己"非常迷恋故事"，尤其是"好故事或者说带有传奇色彩的好故事"。确实，在她的作品中，总是有着包含了爱情、奋斗、悬疑、罪恶、救赎等诸多元素的曲折而迷人的故事，充分证明她是一个非常善于讲故事的写作者。不过，最能体现她的叙事实力，也让她的故事别具特色的，还是她的"糅合"能力——将日常和传奇、宏观和具体、现实认知和浪漫情怀在故事中奇妙地结合在一起。这也是张欣都市小说在城市观照态度之外，更为突出的独特之处。一方面，张欣关注都市的日常，关注都市生活中那些平常的世俗元素和伦理常规；另一方面，她也绝不忽视那些普通里的不简单、平凡中的特殊时刻，以及超出日常的命运般的宏大力量。她将这两种关注同时纳入文本之中，将日常和非日常的元素——掰开、揉碎，然后融合在一起，最终组成一个既有滚滚红尘又有浩荡日月的人生叙事——生活可以是琐细的人间烟火，但人生难免遭遇传奇。这种糅合能力在张欣之前的作品中已有充分的显现，到了《千万与春住》，更是应用自如：纳蜜、语冰等人的衣食住行被细细写来，那些具体而微的世俗场景和细节，散发着真实的温度和都市的情调，是我们熟悉的日常生活。而在这不动声色的平常之中，发生的却是惊心动魄的换子、丢子、寻子、认子的传奇性故事，桩桩件件都包含着汹涌的血泪、巨大的冲突与转折，不由得令我们惊叹。而熟悉和惊叹之间的转换，又如此自然、顺畅，在不自觉中悄然发生。也许这是因为，那些对日常的细致描述，正消解了传奇性的疏离，拉近了人物同我们的距离，让我们同他们有了更真切的联结；而叙述中时时出现的丝丝缕缕的生活感，也让故事不再飘荡于传说之中，而是落到了地面上，变得可触，也更加可感。

同样的糅合能力还体现在张欣对现实反映与心灵建构的结合上。纵观张欣的作品，我们会发现，她的写作有着丰富的触角和敏锐的现实感，触及了城市生活的多种行业——官场、商贸、金融、新闻、艺术、法律、教育等，也涉及了诸多的社会状况——

腐败、犯罪、恶性竞争、资源短缺、信任缺失以及就业、医疗等问题,就如评论家雷达所指出的,张欣新世纪以来的写作有着向社会结构和公共领域拓展的取向,可谓"向着生活的复杂、尖锐和精彩跨出了一大步"。但在跨出这一大步的同时,张欣依然保持着对"灵魂安顿问题"的深度关切。或者说,她跨出的这一步,一只脚走向的是外部的"社会"和"生活",另一只脚走向的是内部的"心灵"或"精神",正是两者的协调行进和密切配合,才让这一步得以圆满完成,并最终让小说的"现实感、社会性容量、人性深度、心理内涵都有了明显增强"。这一效果的实现,无疑也得益于张欣在叙事上的糅合能力:不管笔下的人物是所谓的"金领""白领"还是"蓝领",是"都市丽人"还是农民工,也不管他们的故事多么传奇,涉及的现实状况多么重大或尖锐,张欣都不会顾此失彼,不会因故事和现实的强大而让心灵成为留白。相反,她总能将厚重、繁复的现实外壳,同柔软、庞大的内心世界血肉般地联结在一起,让人物得以在现实生活的缝隙中审视自己的灵魂,让他们的心灵在现实的磨难中坎坷成长。或者说,当张欣描写人物的社会生活时,既能够通过人物的眼睛观察、认知并反映现实世界,同时也能揭示他们隐匿的心灵世界和精神生活,也就是法国哲学家夏蒂埃所说的非历史范畴的那一面人性——"纯粹的激情,亦即梦想、欢愉、哀伤以及不便或羞于启齿的内省"。比如《千万与春住》中,现实的外壳是纳蜜与语冰那"血淋淋"的换子、丢子、认子故事,以及种种亲情和血缘的离合与伤害、情与爱的复杂和脆弱、命运和生活的冷酷与温情,在外壳之下贯穿延绵的,则是纳蜜在情感、伦理上的心理错位与修复,语冰在爱情、亲情、友情的变故中对内心的自我审视与道德坚守,或者说,是纳蜜和语冰等人各自痛楚的精神危机、心灵迷失以及艰难的自我疗救。

也可能是因为这种叙事中的"糅合",张欣的叙述风格也会呈现出类似的和谐的"矛盾"。比如《千万与春住》的叙述,本是相对传统的现实主义式的平实描写,并没有什么精心的设置和修饰,但是,在张欣写来,平实之中仿佛又被纳入了许多的感受:激烈与平静,含蓄与跌宕,浪漫抒情与冷静现实,娓娓道来与神秘曲折。而种种的和谐与矛盾,正与整个故事的讲述相得益彰,令这些复杂的感觉也变得顺理成章。

四

在著名的《小说面面观》中,英国作家E.M.福斯特阐明了对故事和小说的看法:故事是小说最基本的层面,也是小说至高无上的要素。之所以至高无上,是因为故事虽然只是叙述"时间生活",但没有了故事的时间线索,"价值生活"也将无处依存,所以小说是要讲个故事;之所以最基本,是因为小说不能只有故事这个最简单的机体,还需要有"价值生活"带来的人物、想象、宇宙观等更复杂的机体,而剥除了这些更加优美的层面,故事便只是一条"时间之虫",所以小说不只是讲个故事。张欣的都市小说可以被视为这一观点的实践印证:讲述好了故事,更在故事的基础之上发展出了丰富的必要的层面,比如对人物及其心灵世界、精神内涵的塑造和建构。

相较而言，善于讲好故事的张欣，似乎更善于塑造好人物，在她的小说中，故事自然是引人入胜的，但最令人难忘的，还是人物。几乎每一部作品，都能奉献出至少一个鲜明而动人的人物形象——《终极底牌》中有江渭澜及尹野晴，《用一生去忘记》有刘嘻哈和何四季，《深喉》中有呼延鹏和槐凝，《泪珠儿》中有沁婷，在《千万与春住》中，则是卓然而立的夏语冰，以及与之相对的滕纳蜜。这些别具魅力的人物也是张欣都市小说有异于其他城市文学的关键之一。

张欣塑造人物的核心，不在于性格与表现，而在于精神性的内在。她笔下的都市人物，不仅有曲折非凡的人生经历，更有不同平常的品貌及心灵。不管他们是什么身份，也不管他们有何种性情，或许都不免于世俗，但内心绝不麻木与恶俗。张欣总是赋予他们一种坚韧的精神性力量，也许是情怀，也许是尊严，也许是教养，由此他们有了自己的边界和准则。在遭遇波折、危机或磨难时，他们虽然也会迷失、错乱和惶惑，但不会被打倒，更不会甘于沉沦，最终也还是会追寻心灵的救赎或人性的自省。可以说，张欣给人物设下了重重的人生障碍和层层的精神磨砺，让他们经受激烈、丰富的爱与痛，并不是要使人物的经历多么传奇，性格多么鲜活，而是要让他们的心灵在都市里跋山涉水、栉风沐雨，让他们认识、思考并试图回答那个古老问题：一个人应该以什么样的身心度过他的一生？

在那些撑起人物、让人物焕发光彩的精神品格中，最为珍贵，可能也最为张欣所看重的，是一种"贵族精神"。评论家贺绍俊曾说，张欣的小说有着"优雅和高贵的审美追求"，"在书写世俗生活时仍然保持着高贵气质"。这种优雅和高贵，直观地体现于对人物的塑造之中。最典型的，前有《终极底牌》中的江渭澜，后有《千万与春住》中的夏语冰。这两人身上，都有一种文化意义上的精英式"贵族精神"。如果说张欣对江渭澜的"贵族精神"还有着评论家贺绍俊所说的几分迟疑，那么，到了夏语冰这里，张欣已是非常笃定了。夏语冰身上鲜明的"贵族精神"，不是来自她"天之骄女"般的出身和条件，也不体现于她的生活品位与格调，而是来自她所具有的文明的教养，她的高贵的道德品性，体现于她对待自己、他人乃至世界的优雅而有尊严的方式。所以我们看到，当她遭遇爱情失败、亲情破裂、友情背叛的时候，当她家庭解体、认子被拒的时候，她有恨，有痛，有苦，但更有勇气、风度和胸怀，有自我的尊严与坚守，有"体面"的良心和良知，以及人性的敬畏和慈悲。具有了这样的"贵族精神"，夏语冰这个人物便在时代的都市喧嚣中，散发出已经被现实所遗忘、所贬低的"神性光辉"，而小说，也就此标识了自己的可贵的审美品格和高贵气质。

　　正是通过对人物及其心灵的塑造，张欣的小说获得了福斯特所说的那些高贵的、优美的层面，也就是小说光辉的"价值"。其中，包含着张欣作为一个写作者对这个时代的都市灵魂的温情，以及对人格力量的信心、对高贵精神的吁求。

"文质彬彬"与"铁骨柔肠"
——李修文散文阅读记

当写小说出身的编剧李修文再次出现于读者视野的时候，带来的不是小说，也不是剧本，而是一部"口供、笔录、悔过书"——散文集《山河袈裟》。这部用十年时间写就的作品被视为李修文的"脱胎换骨"之作，为他的散文写作赢来了一个引人注目的郑重登场。两年之后，又一部散文集《致江东父老》面世，依然风格鲜明、文采斐然，由此李修文在散文写作上特别的用心、用意和功夫显出了端倪，而他散文的风采面貌，也有了更为明确、丰富而动人的表现。

说李修文的散文"特别"，既是对作者而言——一部作品，比如《山河袈裟》，证实了作者写作的命运，被作者视作对自己的拯救，那它之于作者，当然非比寻常；但更是对我们这些"旁观"的阅读者而言，《山河袈裟》和《致江东父老》作为李修文散文书写的开端和延续，在文字的风格，以及隐含于文字的"风骨"之中，都闪耀着作者特有的、卓异于其他散文的迷人品质，比如文质彬彬，比如铁骨柔肠。

如何文质彬彬？当孔子在《论语·雍也》中提到"文质彬彬"的时候，说的是"质胜文则野，文胜质则史，文质彬彬，然后君子",对此,一种被广泛接受的解读是:"文"即修道之教,是礼文;"质"则指性情。孔子用"文"和"质"谈论的,是外在礼文和人的内在性情之间的关系,而"文质彬彬"是形容典制文章与性情教养之间的统一。此后的两千多年,"文"和"质"作为一对被人念念不忘的概念,在中国古典思想以及古典文论中反复被言说,其内涵也随之发生着变化,自然也引发了更多的解读。在文论领域内的"文"和"质",早已不再是孔子的原意,但具体的所指,不同的言说者有不同的阐发。比如,扬雄提出了"文质班班",并将文质说引入了文学领域,认为"文以见乎质,辞以睹乎情";而刘勰则将之同"文心"联结在一起,在《文心雕龙》中,虽然并没有对"文"和"质"的含义作明确注释,但在《情采》《时序》等篇都或明或隐地表示,"文"与文章和修辞相关,"质"则同作者的性情乃至心术有紧密的联结。总的来说,各种言说虽然对"文"和"质"的阐释与界定有所不同,仍可以确定在一个大体范畴之内,它们分别指代外部的物理性元素和内在的精神性品质。如果依据现代学界对古典文论的解读,"文"是作品的表现形式,"质"则是作品的思想内容,文质说就意味着形式和内容的关系。不过,无论如何解读,也不论这种解读是否有简化和偏差之嫌,都不妨碍我们理解,所谓的"文质彬彬",在孔子形容"君子"的原意之外,还可以形容文章的外部"修辞"与内在"修身"的统一与和谐,同时也暗示着沐人的文雅之风。而这般的"文质彬彬",正是阅读李修文散文的直观感受,不,它只是一种阅读感受,也是随感受自然而生的阐释性想象,所指向的,既是李修文散文的文本,也是文本所映射的那个背后的人。甚至可以说,不管是被统一简化的古典文论中的"文"和"质",还是刘勰那将性情联结其中的"文"和"质",乃至孔子所言"文"和"质"的文学对照,都可以在李修文的散文中找到相应的"彬彬"之状。

一

对于散文这个文类的谈论,适合从"文"的层面说起。其实,只要阅读李修文的散文,就很难忽视其中的"文"——卓异的语言,独特的修辞,丰富的内容,形成了扑面而来的视觉冲击,让人挪不开眼球。乍一看,李修文的文辞阔大、坚硬,细看之下,又分明觉出细致和温润来。他的用词宏大却不乏典雅,语句富丽而又新鲜,他说出这些词和句的态度与口吻,有着温柔的决绝,和含蓄的磊落。以这种奇崛的语句为底,再经过别具一格的描摹、形容、比喻、联想、通感等修辞手法,李修文的文字组合最终形成的是奇妙的效果:当他描写事物的时候,可以把具象和想象结合在一起、把形和神融合于一体,于是,事物变得既具体又抽象,既是本体又是喻体,如《枪挑紫金冠》中如幻如真的场上场下,《万里江山如是》中西和县的盛大社火以及黑龙江和甘蔗林;当他写到风物人情的时候,既融入其中又超拔其外,既写实又写意,于是,风物便在世俗中有了空灵,人情便在日常里有了"神迹",如《认命的夜晚》中格拉纳达的弗拉门戈舞,《鬼故事》和《白杨树下》中的人鬼之通;在他抒写情思的时候,又总会把人和景致联结起来、把感观和意境交叉起来，于是，那些情思便由平常变得宏深，又在真切里有了高远，如《青见甘见》中的那一场"修行"，《苦水菩萨》中与那七尊凶神恶煞后会有期的爱……令人不由感叹：如若世间种种都被李修文如此写来，又哪里还有"等闲"呢？

所以，从李修文的语言中看到画面是非常自然的结果。那是一些鲜艳的画面，浓墨重彩，但并不喧闹拥挤，更不俗丽浮华，只是用不同方式透出"烈"和"美"来：有在凄冷中艳丽的燃烧，有在凝重时轻盈的跳跃，还有于静雅中率性的恣肆，就如评论家李敬泽所说，"苍凉而热烈，千回百转"。这些画面既有直观的美感，也具有"渐迫人心"的力量，但更重要的是，它们也驾驭着想象力，所以才能如此辽阔。在这里，万物都可以有生命，有灵魂，都是被赋予了精神的物象；在这里，时空可以不再有边界，生和死、天和地能在意念间连通，飞升或下沉、盛放和萎灭会在顷刻间转换；在这里，闪电能够让十万颗心脏狂跳，鹤可以从心中飞出，紫灯上会开满了樱花——如此种种，不仅让人感到文辞的"雅"，还分明看到了想象的"野"。

这显然是一种蕴含丰富的语言，能让词语的含义有更多的弹性、更多的容量和力量，也指向更多的可能。当这样的语言方式出现在散文中，它也在提醒，或者说强调着语言在散文中的价值。哲学家萨特在其存在主义文论《什么是文学？》中用"介入"说区分诗人和散文家时，曾论及散文家和语言的关系。他认为，散文艺术以语言为对象，散文家是住在语言内部的人，语言如同他们自身的血液和肢体,他们就像使用四肢那样使用语言这个工具,并要"穿透"语言去追逐所指涉的"物",进而揭露世界的意义。而诗人则把词语看作"物",把目光停留在词语本身。虽然萨特意在讨论写作的目的和责任,但他的这一说法,也为我们提供了一个思考散文与语言之关系的角度。从这个层面来看,更丰富的语言,意味着更丰富的"物"、更宽阔的指涉,也通向更多的"揭露"和意义。如果像诗人韩东所说的,"诗歌到语言为止",那么散文是不是可以"从语言出发"去追逐意义?或许,在"日光之下并无新事"的时候,我们的书写,可以尝试语言维度的变化和扩充,也不失为一种寻求"新事"的途径。而李修文的散文写作可算作我们眼见的一个实例:他那独树一帜的语言,不仅在"文"的层面形成了卓然的个人风格,也为散文的内容建造了宽阔的意义空间,让文本显得更加丰盈。

借由丰富的语言,李修文构建了一个同样丰富的内容世界——这里有人,有情,有风物,有故事,容纳着作者对多种生命经验的感受和思考,对不同人生境况的体察和理解;展示了作者对人世的精心描摹,对人情、人心、人性的"冷眼热心"的观照。在《女演员》《观世音》《何似在人间》《我亦逢场作戏人》《鞑靼荒漠》《铁锅里的牡丹》等篇中,他记录了漂泊者试图抵抗命运的人生际遇;在《穷亲戚》《小周与小周》等篇中,他写出了普通人的爱、欲与怕;在《长安陌上无穷树》《惊恐与哀恸之歌》《鬼故事》《一个母亲》《看苹果的下午》中讲述了与生和死有关的惊恐和悲哀;他用《阿哥们是孽障的人》《紫灯记》等篇写出了人与人之间的情和义;用《青见甘见》《万里江山如是》等篇描述了事物与景致不同的美;以《苦水菩萨》《羞于说话之时》梳理个人的彷徨与成长……

这么一个"山河莽荡,地久天长"的内容世界,也向我们显现了散文的"肚量"和"容量"。那些人间故事,那些"孤绝处、荒寒处、穷愁困厄处"的"大悲喜和大庄重",跌宕,传奇,动人,其流畅、完整的叙述链条映射出了小说的影子。而那些人物,生动,鲜明,丰满,其明确、自然的形象塑造也隐隐透出小说的味道。让人不禁要问:李修文告别小说了吗?显然没有。他不仅没有告别小说,反而把小说的种子埋在了散文之中,让它在里面悄悄地生长、发芽,甚至开出花来。如此做法,或许是小说惯性驱使下的身不由己,也可能是潜意识里的小说念想自行作祟,但更可能是他有意要看一看,能不能通过散文同样实现小说的某些表达。无论是什么原因,结果就是,在"后来"的散文写作中,李修文找到了一条联结"之前"那个写小说的自己的途径。那么,小说和散文在叙事上的边界,会不会因此显得模糊了?如果真的对这个问题有所疑虑,不如想一想散文的历史,再想一想散文发展的可能。稍加留心便知道,自诞生以来,散文就被视为最自由的文体,也是多变的文体,尤其现代散文,更是有着充裕的自由性和开阔的多样性,否则,何以出现形形色色如此之多的"类型"——杂文、小品文、美文,叙事抒情文、游记散文、纪实散文、文化散文、思想散文乃至跨文体散文呢?既如此,小说化的散文也绝非"不可能"之事。自然,在通常情况下，散文和诗歌在文体上似乎更为亲近，文体交互的情况时有出现，所以有了散文诗和诗化散文。但散文与小说又何尝不是文学中的两兄弟呢？在某些方面，比如表情、记事上，始终有着相同的血脉，因而在某些时刻彼此吸收，你中有我、我中有你，也当属自然。更何况，在这大千世界中，鲜少有事或物存在着文体上的专属性，对于那些具有人类共同性的内容，恐怕没有一个文类能够断然宣言：此题材"非我莫属"。其实，就李修文的散文书写而言，其中的小说色彩并不需要用散文的自由和多变、散文与小说的亲缘性来"开脱"，因为李修文对小说技术的自然化用，不但没有妨碍散文的定性，反倒成了形式上的另一种特色，也由此再次证实了散文那能"包容天下"的界域。

二

散文家周作人在论及他所提倡的"美文"时，曾有言：个人的文学之尖端，是言志的散文，它集合叙事说理抒情的分子，都浸在自己的性情里。细想周作人在这里所说的"性情"，与刘勰在《文心雕龙·情采》中所谈的"性情"似乎遥遥呼应，又何尝不是文章之"质"的部分呢？而所谓的"叙事说理抒情的分子"，可被看作文章之"文"的部分。如此来看，周作人提出将"文"的部分浸入"质"的部分，其实也是在呼吁一种"文质彬彬"。他也的确在自己的散文中达到了文字风格和人格的和谐统一，不过，他所实现的，是"冲淡平和"状的"彬彬"。李修文的散文，如果按照周作人的观点，也可算另一种风味的"美文"——融合了充分的叙事说理抒情的分子,并浸入了作者自己的性情。但这性情却与周作人截然不同,其中最鲜明的那一种,正是"铁骨柔肠"。

对于李修文散文的"质",必须从这份性情说起。其实,仅从《山河袈裟》和《致江东父老》这两本散文集的名称,我们便能察觉到作者所怀有的情感——对"山河"、对"父老"激荡而深沉的衷情。这样的感情让李修文无法仅仅作为一个旁观者、见证者,他只能也必须是一个共情的承担者。所共情的对象,正如我们所看到的,是普通人,尤其是普通人中的"失败者"和"失意者"——那些流浪的、漂泊的、病弱的、被命运磨蚀甚至吞噬的小人物。对李修文而言,这些人,不是人生中无足轻重的偶遇,也不是仅供一声叹息的悲剧,而是自己的"同伴和亲人",是自己必须以热血去关注并怜惜的脆弱而宝贵的生命。作为一个能够书写的人,他所承担的方式,是用尽自己的笔墨,记录下这些人的命运遭际,也记录下他们的悲喜和疼痛,以此为他们留下"在人间赶路"的痕迹,也以此让自己和他们站在一起,共同承受人生的穷愁病苦,共同体会人间的苦和甜。

要做到这些,首先要有直面的勇气,否则,无法直视被命运磨蚀甚至吞没的悲哀,就可能轻描淡写了其中的严肃和庄重;更要有的,是骨腔中的热血和不被驯服的那口气,不然,只能看到命运碾压下的挣扎而看不到抵抗,只会看到被击倒后的无奈而看不到不甘,便可能将沉甸甸的生命记录写成了一本泪涟涟的记事簿。所幸的是,勇气和热血都是李修文所不缺少的,因而他能够有力地践行自己的担当，在《山河袈裟》和《致江东父老》中写下了世间的种种不自由、人生的诸多不安，以及命运的多变和不公，其中的痛切让人动容。但同时，他也记下了在病弱、磨蚀以及苦难中的各种抵抗——哪怕是失败的抵抗，其中的不屈更令人难忘。显然，当李修文为那些人和事提笔的时候，他着意记录的，不只是人的际遇，还有人们，包括他自己，是如何用尽全力以自己的方式同命运打遭遇战的——可能是咬碎了牙齿的承受，可能是无畏的奋力反抗，也可能是紧紧抓住的不放和坚持不懈的寻找。总之，无论处于怎样的弱势，无论结局是否注定失败，人们不甘就此向命运束手就降、匍匐不起。李修文尊重这种不甘，甚至，以不惜与命运为敌的热血追求这种不甘，所以，在《旷野上的祭文》中，他一定要对那个没有拼尽全力去抵抗的"墓中的弟兄"说：

> 如果再世为人，就算又拖着一条残腿，你其实也可以这样活——与闪躲为敌，与奔逃为敌，把一切欲言又止之时拽到你的身前，再将它们碎尸万段，当然要像树木和草丛一样安静，但也不要忘了，在一切你打算踏足的地方，你都要先闯进去再说，管它山海关还是娘子关，这都是非过不可的五关，过了五关，再斩六将，斩杀奔马前的讪笑，斩杀幽闭中的惊恐，你管它们是银枪将还是白袍将，哪怕心如死灰，你也要斗胆上前，与它们大战三百回合，不是你死，便是他亡，如此一来，纵然落不得一个全尸，你也算是在你踏足之

地打下了木桩，像拴住牛马一样，先拴住了你的人，又拴住了你说过的那些话，如此走一遭人世，众生抑或众神，你的歌声与哀声，他们才算作是彼此遭逢，又彼此验证；最后，切切不要忘了那条狗，它可能是你在上一世里唯一得到的爱，愿你再世为人之时，更早一点找到它，收养它，不，不仅仅是它，你要更早一点找到更多，一个人，一盏灯火，一间不被驱逐出去的房子，因为它们不是别的，它们正是人之为人的路线图和纪念碑，它们正是你的双手和跛足，乃至全身上下从未触碰过的爱。

这"要紧的一句"是李修文非说不可的，说给那个萍水相逢的弟兄，也说给那些在人间赶路的人，说给自己。从这澎湃又温柔的字句中破土而出的，是李修文的铁血和深情。也是通过这样的字句，我们发现，李修文完成了或正在完成着自己的承担，而他的承担，不只是记录，不只是追忆，更是致敬和激励。毕竟，他要为那些"不值一提"的人或事建造的，是一座纪念碑，而不是一纸湿漉漉的诉状。他用以浇灌纪念碑的，不是被眼泪浸泡的一抔土，而是热泪、浪花，还有黑铁。

也许，建造这样的纪念碑，李修文是想提醒我们，这"山河"，这"父老"，是多么需要，也值得被慈悲对待啊。是的，慈悲，正如"袈裟"，是宏大的用词，但李修文的"慈悲"和"袈裟"，一如他的"江河"和"父老"，并不高高在上，因为它们不是源自那种居高临下的所谓"救世情怀"，而是源自一种身处其中血肉相连的情义，这情义中包含着亲爱，包含着怜惜，也包含着敬重，而这，便是李修文赤诚的"柔肠"。不得不说，此时散文书写的特别之处——在文字的才华之外，比其他文体更能显现书写者自身的灵魂的温度——显得尤为动人。

正因为这柔肠，李修文的记录与书写，才有了在场的感受与关怀，有了温柔的体贴与尊重。也是这样的柔肠，让他在写到人间的情、义和良善的时候，总是尤为柔软和深情。从《阿哥们是孽障的人》《每次醒来，你都不在》《紫灯记》《恨月亮》《义结金兰记》《怀故人》《观世音》《七杯烈酒》等诸多的篇章中，他让我们看到，这人间的情和义，不仅存在于亲人、友人之间，也存在于萍水相逢的人、同病相怜的人、共同赶路的人、擦肩而过的人，甚至陌生人之间；不仅存在于人与人之间，也存在于人和其他生灵、人和天地之间。就如铁锅里的牡丹，就如电光和火石，它们是虚幻，更是真实；它们既短暂，又永久。在李修文的笔下，它们是生活值得过的"美"，也是生命值得存在的"慈悲"。理解了这一点，便能理解为什么李修文不仅要在书写中遭遇这情义、见证这情义，更是深信、珍视并赞美这情义。如果说写作是他自己在困顿中的正信，是他为自己找到的游方时的袈裟，那么，如此这般的情、义和良善，当是"江东父老"在困顿中的正信，是这人间和山河的袈裟。在这个意义上，李修文的散文写作，也正是用自己的"袈裟"，为他的父老和山河寻找并确定"袈裟"。

如果从一个宏观的角度来看，这样的"铁骨柔肠"，也是一种带有个性色彩的人道主义。其实,从情感的本质上,李修文的散文书写更贴近周作人所说的归属于人道主义的"人间本位主义"创作——一种尊重、强调人的权利和尊严,"个人以人类之一的资格,用艺术的方法表现个人的感情,代表人类的意志,有影响于人间生活幸福的文学"。这样的文学,既是为人类的,更是为个人的,为一个个生命个体、尊重并爱着这生命个体的——就如李修文之于他的"山河"和"父老"。正是通过这种以个体生命为本体的人间大爱,真正的人道主义的光辉才得以在文本中实现。这道光辉,给李修文的散文写作,增加了沉实的精神分量,让它们在沉甸甸的"文"的重量之外,更有了"质"的重量。

也是通过那些"铁骨柔肠"的表现,我们看到了,文本之中的李修文分明有着一个西北的灵魂,和一颗南方的心,所以才能在不同篇章,甚至同一篇章中,贯穿了北方式的豪迈、凛冽,与南方式的温软、细腻。说是"贯穿",是因为它们始终都在,且没有互相抵制或互相消融,而是保留着各自的鲜明,各安其所,彼此间冲突的落差和变换的跳跃却又自然而流畅,反倒比融合更能突出彼此,也丰富了彼此。于是,文本中的"铁骨柔肠"就更为立体,更加可感,而文本也有了李修文式的个性色彩——这,也就是"质"的风格。

显而易见,这"光辉而沉厚"的铁骨柔肠的"质",同那"烈而美而丰盈"的"文",在格调、质地上是对照、呼应的,在风格上彼此交融,是统一、协和的,所谓"文质彬彬"便是如此。到此,我们已然知道,在梁实秋所言的"最自由,也最难处置"的文体中,李修文已经找到了自己的方式,形成了自己的风格。如果真如梁实秋所说"一个人有一个人的散文",那李修文已经有了"李修文的散文",更可贵的是,他这"一个人的散文",不仅展现了斐然的文字才华,显现了卓然的文本性情,也实现了写作对于自己的意义。

有研究者认为,新世纪以来,相对于活跃多变、产量丰富的小说,散文已成为"安静"的文类。这样的观点固然不错,但却来自一种宏观的视角。其实,处在这么一个有着悠久散文传统的国度,置身如此浓厚的散文文化的环境之中,单个的写作者的声音,很容易被消弭,被掩盖,不靠近便听不真切,但如果真的去倾听,你会发现,有些声音,不仅嘹亮,而且迷人——比如李修文的散文写作。

从悲壮的群体命运到虚无的个体生存
——班宇小说阅读札记

一

如果已经读过《冬泳》和《逍遥游》两部作品集,那么,我们谈论班宇的小说,就可以从《枪墓》开始。因为,《枪墓》虽然不是班宇最知名、最具影响力的小说,但它无疑是一篇具有阅读吸引力的、内容和指涉都足够丰富的作品,能够在一定程度上代表班宇写作的成熟度,更重要的是,它可以为我们谈论班宇小说提供一个可靠的方向指引。

就《枪墓》本身而言,它是个包含了多重故事的文本:叙述者"我"本人的经历,"我"所写过的故事以及"我"所讲述的故事。在这个多重文本中,叙述者"我",在自己的经历和所讲述的故事中穿梭,最终将两者重叠——原来,"我"所讲述的故事,也是"我"自己的经历和故事。如此,小说在结构上有了完满的发展和收尾,故事的内容和内涵也有了丰富的层次。当然,这种多重文本的巧妙组合,作为一种叙述方式,或者说,叙事技术,在当代小说的书写中并不鲜见,所以《枪墓》对这一方式的使用,虽然是自然而成功的,却也不是它值得被关注的主要原因。我们之所以要在回顾班宇小说的时候先从《枪墓》说起,既是因为它的文本具有"代表性"的技术和风格,更是由于它在文本中对作者本人的某种"指涉"——如果留心的话,我们能够从这个故事的某些情节和细节中,看到与作者班宇自身的写作相对照的一些映射。

那些情节和细节是这样的:"我"曾经写过几篇小说,讲的是发生在北方的惨烈的故事。比如,出租车司机遇害后被投入枯井,无意中撞见父母秘密的少年被父母杀害。这些小说引起了女孩刘柳的注意。一次"我"和刘柳相聚,她要求"我"再讲一些北方故事,"我"回答说,那些刺激的故事已经没有了,剩下的都是一些日常的故事。刘柳却说:"不要这个,要出人命的那种,冰天雪地,白茫茫的一片,总得有点不一样的色彩点缀。"于是,"我"又讲了一个渐渐变得刺激起来的新故事,而刘柳在"我"的讲述中睡着了。几天之后,刘柳又提起这个故事,并说:"怎么好像你故事里的人,我都认识。"

"认识"是必然的。刘柳来自齐齐哈尔,"我"和"我"的故事来自沈阳。一个北方写作者所写的在生活中发生过的故事,让一个听闻过此类故事的北方读者感到熟悉并有所共鸣,当是题中应有之义。《枪墓》中"我"和刘柳关于北方故事的对话及相关描述便是如此自然地发生和发展的,并且巧妙地发挥了自己的作用:它们构成并联结起了小说中的故事,使之成为一个整体,同时还颇有意味地概括出了作者班宇在写作上的一些特点和方向——文本中的"我"所写、所讲的北方故事,在内容、风格乃至设计和规划上,恰恰和班宇本人的写作相似。

从这个角度来看,《枪墓》的指涉其实已经溢出了文本,将读者和作者也牵扯了进来。"我"和"刘柳",作为文本中的虚构人物,也具有了现实性——"我"就是作者班宇,"刘柳"就是作为读者的我们。"我"曾写过和即将写下的北方故事,就是班宇创作的小说;刘柳对"我"的故事的共鸣和期待,也正是我们对班宇写作的感受和反应。如此一来,《枪墓》作为文本,多少有了些类似"元叙述"的性质。不过,对于我们的阅读而言,小说有没有"元叙述"的意味并不重要,也没有必要对此刨根问底。毕竟,就如另一篇小说《双河》中那个落魄作家"我"所说,像这样的术语和概念,不过是作品完成之后被生拉硬拽"套"上去的,又何必多加谈论呢。

值得一提的倒是,就在这篇《双河》——一部以一位失意写作者为主角的小说——之中,也出现了类似的"指涉"。不过其中涉及的,是较为具体的创作方法和感受,并没有像《枪墓》那样对"自己"的写作做宏观上的概括。所以,还是《枪墓》更有助于我们对班宇作品进行具体的讨论。

确如《枪墓》所言,《冬泳》和《逍遥游》两个作品集写的都是"北方故事",是班宇对北方这块肥沃而寒苦之地的冷静描绘。故事中的人物都是会令刘柳这样的北方人觉得似曾相识的普通人,而故事的内容,也正像《枪墓》中说的,有"刺激"(惨烈)的,有出了人命的,有相对日常的。比如《冬泳》和《枪墓》的故事透着暴烈和血腥,《盘锦豹子》《肃杀》《空中道路》《梯形夕阳》《工人村》《夜莺湖》《逍遥游》《双河》《蚁人》则是表面平静实则暗藏苦痛甚至涉及人命的北方日常。

然而，如果仔细阅读，就不难发现，尽管都是北方故事，《冬泳》和《逍遥游》对一些元素的选择和处理，以及呈现的取向和特征，还是有微妙变化的。甚至它们作为文学作品的遗憾和不足，也表现得不尽相同。

二

小说集《冬泳》中的作品，有一个令人难以忽视的特点：时代元素凸显。显而易见，在这些作品的写作中，班宇有这样的意图：将时代和社会背景具象化、情节化。具体而言，就是将具有时代印记和历史影响的事件与状况嵌入人物的故事之中，将情节直接与某些标志性的大事件或社会性状况连接起来。从我们阅读的效果来看，这一意图得到了充分的实现。在这部集子中，几乎所有的作品都涉及影响深远的社会性变化，比如东北的衰落、产业的调整、企业的改制和破产；几乎所有的故事中都有数件具体、明确的时代性事件或轰动的社会性事件，比如下岗潮、再就业，以及足球联赛、高考变革、抗洪救灾、刨锛帮犯罪等。

为什么要在以普通人为主角的小说中如此直接地写出历史性的事件和状况？当然是为了更为直观地呈现身处其中的人们——特别是小人物——受到的影响和人生的转变，这其实就是北方故事的主要内容。不管是《盘锦豹子》中的姑父，《肃杀》中的肖树斌和"我爸"，还是《空中道路》里的李承杰、班立新，《梯形夕阳》中的"我"，都在时代和社会变革的大潮冲刷之下，身不由己地改变了人生的道路和状况,在愈来愈沉重的生活中挣扎,最终殊途同归,生命力逐渐衰弱。《空中道路》中的缆车之行,就是对这些人物命运的隐喻:人生的道路一度安全而顺畅,似乎还会一直如此,但突然之间,故障出现了,将他们卡在时代的关口,生活摇摇欲坠,却又无能为力。他们只能克制着无奈、愤懑、恐惧和苦痛,尽力地,也可以说是顽强地,活下去,或死去。

时代元素的加入,是为了突出在时代变化和社会变迁之中几乎无路可走的人们,他们对自己命运的无从把握,他们在外部强力面前的脆弱、破败和坚忍。在具有历史性的时间段中遭遇并承受这一切的,当然不会是一个人,而是一群人,甚至几代人。所以,《冬泳》中对人物的描写,可以看作是用个人来折射群体——那片土地上诸多的同命运的普通人。这些北方故事,写"刺激"的死亡也好,写无奈的日常也罢,表达的其实是群体命运中个人的承受,反映的也不仅仅是个体的命运,更是时代洪流之下一群人的遭际和境遇,是群体性的命运和境况。

在这个意义上,不管是不是有意,《冬泳》就是班宇以克制的冷静和直观的冷酷,为这块黑土地上失去的活力和尊严奏出的一曲挽歌。

不过,遗憾的是,在这挽歌之中,我们看到了一群人,却没有看清一个人。因为,他们作为个体的面目是模糊的、类似的。这也许是时代元素强化之下的后遗症。对事件、情节的强调,让叙事停留在表面,没有更多的能量和空间去描绘人物。注重社会的、外界的、命运的力量,会让人物和读者陷入这种力量之中任凭宰割,人物不能拥有丰富的"人的个性",读者也不能走进他们的内心。结果就是,我们可能会为人物的命运和故事而震撼、震动,却没有被感动。这与作者在写作时情感的克制和表达的冷静无关,只不过再一次证明,不管什么样的故事,一旦人物缺乏了所应有的复杂性和个性,就很难深深地打动我们。

从一个更为感性也更为严苛的角度来说,写作,即便是现实主义的写作,重要的从来都不是怎么讲故事,也不是讲多大或多小的故事,重要的是,就如 E.M. 福斯特在夸赞霍桑、福克纳、弗兰纳里·奥康纳等人时所强调的,描绘出具有复杂性和个性的人物,让读者永远地被感动。

三

《逍遥游》所呈现的特点中,最值得注意的,是那种阴郁而无望的美学风格。

不管是作者的有意营造,还是自然而生,这种风格的形成和凸显,离不开两个元素——死亡和虚无——的氛围加成。

文本中的死亡戏码,本来就能够自然、有效地造成灰暗阴郁的氛围,更何况《逍遥游》中还有那么多与死亡有关的感觉和印象,足以为小说笼罩上一层又一层的冷峻色调了。说起来,早在《冬泳》中,班宇就写过不少死亡:突如其来的谋杀、被掩藏的误杀、影响深远的意外之死、罪恶的劫杀等。显然班宇一直不惮于多写死亡。到了《逍遥游》,死亡的分量好像更重了。难道真就如《枪墓》中刘柳所说,写作还是要讲那些出了人命的故事,要为这"白茫茫的一片"增加一点色彩吗?

也不尽然。其实,在《逍遥游》中,死亡事件的数量可能并没有增加,不过是死亡的样态更为丰富了——看得到的,想象中的;具体的,抽象的;逼近的,遥远的;意料之中的,猝不及防的。比如,《逍遥游》单篇中有轻描淡写的病故,有虎视眈眈的死亡威胁,还有虽生犹死的生活状态;《夜莺湖》中有神奇失踪的死亡;《渠潮》有消失式的假死、万米高空之上的自尽、造成误会的棒杀;《双河》中有报复性的自杀和复仇的他杀;等等。此外,死亡的发生也显得不可预测,仿佛随时会出现在文本的开端、中间、结尾,或者其他任何地方。在阅读的时候总是觉得,死亡的阴影似乎无处不在,而且神出鬼没:有时是大喇喇地横亘于头,有时是静悄悄地埋伏于视线之外,有时是一点一点地冒出来,有时又像终点线一般隐隐约约地悬在远方。如此种种,让死亡的声势变得愈发浩大,以至于在没有死亡出现的时候,它也潜伏在我们的潜意识甚至是预期之中。

这样的效果说明,死亡元素在《逍遥游》中受到了相当程度的重视和强调,正如《冬泳》中对时代元素的突出和强化。看到班宇如此得心应手地书写和使用"死亡",令人不由想起女诗人普拉斯的一句诗歌:"死亡/是一门艺术,像别的一样。/我干这个相当在行。"说班宇已经把"死亡"变成一门技艺,并不算夸张。

然而,也许正因为如此,我们会发现,小说中的那些"死亡",更多是美学意义上的必须,而不是道德或伦理意义上的必要。当死亡成为一门技艺,它也就沦为了一个文本工具——是故事情节和叙述线索的推手,是文本腔调及情感色调的涂料。《逍遥游》就是这样,死亡元素在文本中实现的,主要是自己的美学职责,达到的也主要是叙事的美学效果。作为一个永恒的主题,死亡本是宏大、深刻的,包含着一个写作者所需要的无限话语,但在这里,它被工具化了,它所包含的美学价值之外的其他可能都被遮蔽了,或者说被舍去了。

所以,即便有着浓重的死亡阴影和诸多的死亡事件,也很难说班宇的小说是"死亡主题"的。那么,《逍遥游》真正的主题又是什么呢?应该是与死亡相对相依的生存,是人物存在的境况和生存的样态,也就是帕慕克所说的,"主人公的生活,他们在小说世界的位置,他们以一定方式感知、观看并介入世界的方式"。

实际上,《逍遥游》所书写的也只有一种方式:溺水式的、苟延残喘般的生存状态。从《双河》《逍遥游》《渠潮》《蚁人》中,看不到多么有价值有意义的生活,也找不到什么高大上的灵魂,只有狼狈、杂乱、茫然的日子和得过且过、疲累又淡漠的状态。大家都是在生活重压之下、在不可承受之轻中的普通男女,落魄,失意,不抱希望。对于这个无序的世界,要么是厌倦的、被动的,要么是卑微的、逆来顺受的,要么徒劳地坚持,要么默默地沉溺。他们的姿态和行动似乎都在说,既然生活已经如此,命运也是定数,那我们还能做什么?这就是《双河》中"我"所回忆的和前妻一起的生活;也不知道到底是哪儿出了问题,"一切仿佛都搅在一起,生活混杂无序,几近无解,不可调和"。

作为《逍遥游》的主题内容,对这种没有生机和活力的、虚无主义式的个体生存的描写和展现,让小说获得了更强烈的阴郁而无望的色调和效果。毕竟,相比死亡的阴影,无解的虚无主义具有更为强大的力量,因为虚无的生存比死亡更黑暗,更可怕。

虚无色彩的存在也解释了为什么小说中会出现那么多的死亡。"芝加哥学派"的批评家韦恩·布斯在《小说修辞学》中谈到"虚无主义文学"时曾说:"虚无本身不能得到描绘,更不用说得到戏剧性的表现了,而文学作品又必须总要表现某件事,或正在做某件事的某个人……那么就不必惊奇,我们看到许多迷惘的人物,置身于毫无希望的情境之中,这些人物唯一的发现就是没有什么东西可以发现,他们最后的行动是自杀或者其他绝望的表示……"也就是说,死亡不仅是美学的需要,也是在宽泛意义上的虚无主义的必然结果。

在死亡和虚无的双重加持下,《逍遥游》那阴郁无望的美学风格便鲜明地凸显而出。有意味的是,阴郁、无望、冷酷,作为班宇有意追求的美学效果,还有着明确的地域性,它们可能是最适合北方故事的美学风格。北方的这片黑土地所滋养和培育的东西——顽强的生命力、低伏的生命,严酷的环境、热情的生活,萧索、沉默与生机、蓬勃,如此等等,纠缠在一起,形成了不无荒诞的组合,其中的残酷和黑暗,与那种阴郁无望的色调,有一种天然的贴合。从这一点来看,我们简直可以把《逍遥游》的美学效果，视作另一种黑色荒诞的哥特风格，可称为"东北哥特风格"。

不过，或许是班宇对这种风格的营造太过成功，有时不免令人生出疑虑：小说文本的价值表达究竟指向何处，班宇到底怀着什么样的感受和意愿写下了此类美学风格的作品。我们只是希望，他对这种"东北哥特风格"的书写，会像康拉德书写黑暗那样，"行走于深渊边缘却不会坠入其中"。

四

如果粗暴地概括一下，我们可以说，《冬泳》是反映时代之中不无悲壮的群体命运，《逍遥游》则是书写带有虚无色彩的个体存在。从情感的角度来看，从《冬泳》到《逍遥游》，有一种从愤懑的绝望到平静的无望的转变。这是我们对班宇小说的感受和解读，当然很可能是误读。但无论如何，《冬泳》和《逍遥游》让我们认识了班宇的写作，既让我们看到了他的一些特点和风格，也让我们看到了他在写作上的成功及遗憾。

在有些作品的写作中，班宇似乎很清楚想要达到的文本效果，也很成功地实现了欲求的效果：选择可用的元素，组织情节，保持一种语调进行叙述，插入"刺激"性的事件，在合适的地方添加修辞性话语，努力营造某种超越性的诗意。如此，小说的故事和内涵有了，"实"与"虚"也完备了。可是，这样的精心设计，是不是有"模式化"的嫌疑呢？

再继续问下去，写作有模式吗？或者说，小说有模式吗？从文本分析的解剖式批评、小说修辞学以及写作课的存在来看，小说显然是有写作模式的。既然有模式，那么掌握了一套话语模式，就足以成为一名小说写作者，甚至是成功的小说写作者，又有什么不可能的呢？

　　但我们也不能忘记，从更为传统和保守的文学观念来看，模式毕竟是小说中属于美学范畴的一个层面。如果像纳博科夫那样，把小说视作纯粹的艺术品，那么，仅仅追求美学效果也就足够了，模式可以产生美学效果，也就能够产生艺术品。然而，小说之为文学，文学之为"人学"，又体现在哪里？艺术的"生命"的力量又从哪里诞生？我们真的能够相信，从模式的缝隙中，可以开出动人的花朵来吗？

　　提出这样的疑问，当然不是否定班宇的写作，而是对班宇的写作提出更高、更多的要求。其实，从《山脉》《安妮》中，我们已经看到了班宇对变化和开拓的尝试。这些尝试和改变，即便不将之视为所谓的"瓶颈的突破"，至少能够表明班宇在写作上不故步自封的追求。既然如此，我们作为读者，对他的写作产生更大的期待，也算不得虚妄和严苛。

　　在对小说的释义五花八门甚至自相矛盾的今天，对于一些写作者来说，批评家珀西·卢伯克那并不完美的古老观点，依然能够提供有益的启发："直到小说家把他的故事看成一种'显示'，看成是展示的，以至故事讲述了自己时，小说的艺术才开始。"

"八零后"小说写作的三个切面
——以王威廉、蒋峰、于一爽等为例

就行为本身而言，写作是非常私人化的事情。但是就效果而言，写作又具有公共性的一面。毕竟，没有人，或者说很少人是只写给自己看的。而人类的阅读反应中，有许多认知、感受及判断都是相通的。因为，书写的对象——世界、生活和人，在宏观上，相同、相似之处绝不少于相异之处。生活在同一时代的人，不管是在书写之时，还是在阅读之时，经验、情感、心理乃至价值取向等方面的共通和共鸣之处也许会更多。从这一角度而言，胡适在《文学改良刍议》中所说的"一时代有一时代之文学"，依然是一种合乎情理的判断。

以明确的代际来命名写作，可能是从"八零后"开始的。其实，"八零后"作家这一名词在面世之际，最重要的含义是"新生代"。那些写作的年轻人，那些新鲜的书写，伴着各种新质，让人眼前一亮，很容易产生深刻的印象。也许正因为如此，人们对"八零后"的写作，反倒容易被既定印象所囿，更容易产生想当然的误解。是的，曾经，郭敬明是"八零后"作家的代表，韩寒是"八零后"作家的代表，张悦然、春树是"八零后"作家的代表，还有随后陆续出现却名气稍逊的那些"新概念"大赛获奖者,也是"八零后"写作的生力军。但是,二十年过去了,现在的"八零后"写作群体依然是那样的构成吗?即便是,他们如今的创作实践和追求还会停留在人们印象中的那种状况、那个阶段吗?我想,哪怕你不了解当下的文学发展状况包括"八零后"的写作状况,仅从人生的常理和社会的常态出发,也应该知道,问题的答案会是否定的。但是,如果对当下的文学写作稍加留心,就会发现,对这个问题,如今的"八零后"写作者,提供的答案已不仅仅是一个否定那么简单。

在具体讨论"八零后"呈出来的写作答卷之前,我们首先要正视的是,当下使用"八零后"这一名称,可能更多是为了话语和表述的方便。在这个意义上,"八零后"这一命名依然有存在的必要。但是,在我们使用这一命名的时候,还要警惕因代际划分而产生的偏颇和简化。实际上,使用任何一种文学命名,不管是代际的,还是派系的,都应该设置一个谈论的前提,那就是在微观上将每一个写作者都当作独立的创作主体来看待。同时,我们还要警觉任何命名的"统一"倾向,尽力打破代表和被代表的习惯,跳出承继与被承继、延续与被延续的生物进化论,尽可能以多元、多维、多向度的目光或方式去观察视线之内的状况及样态。这应该是任何研究和讨论都应有的客观态度。也只有这样,我们才能在可能的范围内真正了解并体验所谓"八零后"一代写作者在文学创作上的本质表现和实践效果,并由此展望未来的可能性。

而事实正是如此,如今的"八零后"写作,亦不容我们再以简化的集体主义式的视角来度量了,因为它本身已经包含了足够丰富、足够多样的面貌与景象。就以小说写作来说吧,只用粗疏地打量一下,就会发现,且不说已经赢得市场与文学双重认可的笛安与七堇年,这里还有从青春文学转向更广阔更深邃领域的写作者,如张怡微、霍艳;有都市经验的叙写者,如文珍、蔡东,也有乡镇日常和底层生活的描绘者,如林培源、陈崇正、陈再见;有现代女性叙事的赓续者,如孙频,也有现代乡土叙事的承继者,如林森;有文字自信、灵气十足的书写者,如马小淘、郑小驴,也有叙事老道、结构讲究的书写者,如甫跃辉、吕魁;有纯文学色彩鲜明的类型书写者,如双雪涛、飞氘,也有依托于"写作根据地"的书写者,如颜歌和毕亮;等等。就像"八零后"评论家李德南所说的,今天的"八零后"写作者,"除了生理年龄上的相仿,他们在写作上的共性,似乎也越来越稀薄"。只能说,在个性的差别之上,在文学这一共性之下,"八零后"的写作领域是广阔的,实践是丰富的,样态也是多变的,而我们对它的探究,也只能是选择一个相对鲜明的维度,以粗略的大角度的划分,提取一些特性和特质相对显著的书写,然后"盲人摸象"般地想象出大体轮廓。

王威廉:关于生存境况的思想探索

作为"八零后"写作者,王威廉应该是对自己在身份上的代际归属有明确感知,但在写作实践中却完全撤去代际特征的那类作家。正如他自己所说的,"作家的作品肯定是超越代际的,但作家这个人却不得不置身在代际话语的现实中"。他在作品中所呈现的,是另一种更为纯粹的写作特征,那就是,对思想性的追求和表现。

不知道是否与他人类学的"出身"相关,王威廉的写作,总是与现代理论话语贴得很近,文本中总是包含着诸多与空间、权力、异化、凝视、消费社会、存在主义等话语相关的成分和因素。在他的作品里,随处可以见到或嗅出福柯、萨特、赛义德、拉康等思想者的影子。这就意味着,他的写作所关注和指向的,必定是诸如现代人的精神处境与生存境况、人的自我认知与灵魂之类的主题,这些命题宏大,深奥,复杂,甚至无解。显然,他选择的是一条庄重但相对艰难的创作之路。

但王威廉走得还比较扎实,从最早的以《非法入住》为代表的"法三部曲",到长篇小说《获救者》、小说集《内脸》《听盐生长的声音》,他一直坚持在写作中探索精神与灵魂的方向与色调。具体的方式就是以多种理论话语为底色和元素,将那些思想性、终极性的话题诸如"存在的真相""自我的认知""权力的压制""劳动的异化"等,融于对现世的精神关怀之中。这样的选择也注定了他的小说不会书写日常,至少不会正常地书写日常生活,因为那样的书写涵盖不了他对诸多哲学问题、文化问题、社会问题的思考和追问。他索性选择用"变异"和"荒诞"来处理现实,像《胶囊旅馆》《内脸》《没有指纹的人》《水女人》《书鱼》等小说,都带有或轻或重的魔幻色彩:人们在胶囊般的空间里生活;面具成了人的脸,脸又是人的身份;一个天生没有指纹的人不得不借用他人的指纹来证明自己；一个人被抹去了记忆之后改变了对身份和自我的认知；传说中会说话的虫子进入身体成了一个人的"回声"……而在《获救者》中，王威廉干脆建造了一个由残疾人组成的地下世界——"塔哈"王国，让几个年轻人在这个地下王国中见识了许多奇异的风光，也经历了奇异的冒险。这冒险不仅仅是物理上、生理上的，也是精神和思想上的。在这个表面上乌托邦而实质上与现实世界无异的封闭空间里，年轻人所经历的对政治和文化、权力和制度、正义和非正义、人和人性的思考与探讨，也是一次思想发展历程的具象和外化。虽然看起来王威廉的小说是立足于复杂的、荒诞的、难以言喻的"非现实"，其实反映的却是最具本质性的现实，比如，生存的困惑和挣扎，对科学、技术、理性以及权力和规则的抗争，对自我内心世界和精神境况的感知和探究。可以说，他书写的所有故事和情景，异化也罢，荒诞也罢，都建造在现实的地基之上，指向的是现实的社会、生活和人的内心。只是王威廉将之放大，有时也稍加扭曲，让它们凸显而出，不可回避，只能面对并思考。在写作的层面，也让故事扩充出了足够的空间，从而能够负担起他意欲融入的诸多理论话语。

在这些理论话语中，王威廉最核心的精神底色还是存在主义。几乎他的所有小说，都包含着对"存在"的感知和疑问。比如《内脸》和《第二人》中探讨了脸和虚无、脸和存在的关系，《没有指纹的人》更是提出自我身份确认和"人何以存在"的问题。王威廉用非常具体的身体部位来引出人的身份及身份认同的问题，最终拷问存在的不确定性和荒诞性。理解了他对存在、对生存境况的思考和兴趣，也就能理解为什么他要让主人公们沦落到或卑微或尴尬或绝望的特异境地了。在《暗中发光的身体》《辞职》《我的世界连通器》《老虎！老虎！》《听盐生长的声音》《当我看不到你目光的时候》等诸多作品中，人们为欲望所困，为身份所困，为权力规则所困，为空间所困，为"视线"所困，为自我所困。就是在各种难以摆脱甚至是无解的困境中，他们更深切地体会到了种种复杂的生存感受，由此不断地思考自身的处境，寻找存在的证明，也深入地反思、拷问时代和社会的法则。而在小说写作的效果上，这样的困境书写也更能形成并表现思辨的张力。

虽然"精神世界是无法穷尽的"，但思想的追索无远弗届。也许正因为这种"无限"之下的紧迫感和焦虑感，王威廉才要如此热切地在有限的文本内纳入尽可能多的话语、思考和表达，以至于时有拥挤和杂乱。其实，既然"无限"的事实已不可改变，我们的应对和思考何不镇定一些，从容一些呢？敏锐如王威廉，应该已经明白了这一点，所以，在后来的《绊脚石》《从冰川的高处》中，我们看到的是一个更为从容、更为专注的"思想者"王威廉。

蒋峰：叙事意识的技术性实践

如果说，王威廉的小说呈现的是"八零后"写作中追求思想深度的那种向度，那么，蒋峰的小说则可被视为叙事技术的文本实践，呈现的是"八零后"写作中注重形式与技法的一面。

蒋峰有着"新概念"大赛获奖者的头衔，却并非文学或写作专业"科班出身"，不曾接受所谓的专业训练和培养，但是，他作品中的叙事策略和写作技法，却有着非常专业的水准。在长篇处女作《维以不永伤》中，二十岁的蒋峰就展现了令人惊异的叙事能力。很难相信一个初次写作的年轻人能将小说的结构和层次设置得如此繁复和精巧。作为一个多维的、变化的、意蕴含混而丰富的文本，《维以不永伤》由四个部分组成，每个部分都有不同的故事核心，都包括了多种讲述视角、叙述风格甚至文体。你可以任选一部作为开始，也可以跳跃着去看，都不影响阅读。而蒋峰对于叙事的讲究和把控，并不止于犬牙交错、层叠绵延的结构设置和循环往复、峰回路转的多样叙述，也在于其相当娴熟的"元小说"技法。在小说的第一部中，蒋峰一开头便以第三人称叙述引出了一具尸体，然后马上转为第一人称叙述——一个稍显奇怪的破绽。就在我们熟悉了这个叙述者"我"之后，蒋峰又让以"杜宾"之名再次出现的"我"的表哥杜宇琪来告诉大家，他正在写一本名为《维以不永伤》的书，而书中的叙述者——杜宇琪的表弟，也正是蒋峰的叙述者"我"，当然，书中虚构的故事，也正是蒋峰正在讲述的故事。所以，《维以不永伤》的故事到底是蒋峰的虚构，还是杜宇琪的虚构呢？到了频繁转换叙述主体的第三部，蒋峰使用的"元小说"手法更为复杂了，之前的角色纷纷被推翻，比如第一部的叙述者"我"，也就是杜宇琪的表弟周贺，在第三部里变成了杜宇琪的同学，只是被杜宇琪虚构为自己的表弟，由此，第一部的整个故事都变得可疑起来，很可能不过是以"杜宾"之名写出的小说。随着故事的推进，我们越来越难以确定文本中这部名为《维以不永伤》的小说到底是谁写的，是杜宾、马女士，还是号称杜宾养子的另一个杜宇琪？更可怕的是，我们也越来越难以辨识，正在进行的讲述，到底是蒋峰的虚构，还是他的人物的虚构。蒋峰就是这样在虚构和真实之间来回穿梭转换，一会儿无比真诚栩栩如生地讲述，一会儿又推翻之前的故事和人物，坦白虚构行为的具体过程和细节。他还不时煞有介事地提醒读者这是虚构，甚至是虚构的虚构。他翻手为云覆手为雨，不停反转，再反转，于是，之前真的变成了假的，之前假的又变成了真的，然后真的假的又变成了假的真的。这一套"连环相套，不停推翻，真假莫辨"的技法，让人眼花缭乱，以至于第二部中叙述人称与视角来回穿插变换和第三部中叙事主体轮番转换的手段，都成了颇为体贴的"小儿科"。不过，有必要说明的是，整部小说并不因为诸多技法的强力轰炸而变形、崩毁，它仍然保持着相当的可读性，这当然不仅仅是因为其中包含了凶杀、悬疑、伦理挑战等刺激性元素，也是因为蒋峰流畅的文字、饱满的想象力以及冷静的控制力，故事被讲得新颖而淋漓，读起来甚至让人一度想起纳博科夫的《微暗的火》——一部树立了叙事艺术之旗帜的小说。

据说蒋峰在写作《维以不永伤》时，抱的"野心"是写一部涵盖几乎一半以上小说类型技巧的"教科书"。这部小说也确实充分展示了蒋峰强烈的叙事热情和执着的叙事追求，可喜的是，也标示了他与之相匹配的叙事才华。他的叙事"野心"在后来的《恋爱宝典》中仍在延续,甚至更进一步。《恋爱宝典》尝试了更多的技法,包括复调、拼贴、不同时态等,更不用提那些倒叙、插叙、闪回之类的小花样了。他在小说一开始就开宗明义地宣告了自己的"花招",点明了自己要使用的那些技法,然后在下面的文本中一一实现。由此也可以看出,蒋峰对自己的叙事能力和技术有着充分的自信。到了2015年的《白色流淌一片》,蒋峰对形式和技巧的把控已经更为纯熟,曾经的"硬"和"猛"都被消化了,从情节发展到整个叙事,从故事到意味,都不再有突兀或阻碍之处,给人一种恰到好处的感觉。蒋峰在这部小说里好像已经"返璞归真"了,似乎那些耀目的技巧已经完全溶于文本的血肉之中,成了躯体的一部分,不管是意象的使用、不同篇章和不同片段的组合功效,还是不同主题的展开与讲述,都比较自然和从容,但效果却很显著。

像蒋峰这样熟练自如地使用叙事技法,并在作品中形成鲜明特色的"八零后"写作者,还有吕魁。吕魁的小说集《所有的阳光扑向雪》能够向我们证明,作为一位小说写作者,他有着自觉的叙事意识和充足的叙事能力。

吕魁在叙事技法上的代表作是《写篇小说登〈大家〉》。这是一篇向保罗·奥斯特致敬的作品,可以想见,它必定有"元叙事"的成分。事实上,这基本上是一篇关于"元小说"的小说,讲的是曾在吕魁小说中出现过数次的人物"马山"创作一篇名为《写篇小说登〈大家〉》的小说的前因后果和具体过程。"马山"

所写的这篇同名作品，也是一篇关于小说写作的小说。而这部小说中的小说，与吕魁的"元叙述"又有着许多相似和重合之处，又构成了新的"元叙述"。几层"元叙述"就像俄罗斯套娃，层层相套，互相印证，共同构成一部似乎可以无限套下去的"元小说"之小说。这么说起来，《写篇小说登〈大家〉》好像是个复杂的晦涩玄虚的文本，但它读起来却轻快明了，饶有趣味。能完成如此具有实验性质的叙事探索，而且完成得流畅、浑然，不能不说吕魁具有充足而均衡的叙事能力。

吕魁的《所有的阳光扑向雪》是一篇艺术上更为成熟的作品，它看上去似乎没有能够大做文章的结构和手法，但其实已化技术于无形。就像蒋峰在大秀技法之后写出了《白色流淌一片》，此时的叙事技术，就好比"大音希声"。从技法的着意实施到化而用之，这样的改变彰显的，应该不仅仅是写作者在技术上的成熟和完善。

蒋峰、吕魁这种将叙事技能发挥得淋漓自如的书写，标示了"八零后"写作在叙事艺术的追求探索上可以达到的程度，也是"八零后"写作中令人惊喜的存在。

于一爽：自我风格的实现

在任何时代都有这样的写作者，他们并不刻意追求思想性的深刻表达，也不执意于形式的探索和技术的完善，而是遵从内心和意识，以天赋、个性和自觉来写作，并凭此形成了自己独特而鲜明的风格。"八零后"中自然也不乏这样的写作者，于一爽就是一例。

于一爽在写作上的表现，是比较亮眼的，出版了小说集《一切坚固的都烟消云散》，写出了获奖的作品，也引起了不少的关注。可是在"亮眼"的背后，也有另一种不同的声音，因为于一爽的小说创作，有着不遵套路的无拘无束和难以把握，几乎是踩在了小说的边界线之上，自然比较容易引起争议。但是，这样的率性和自由，也正是她独有的醒目的特点，取得了独特的醒目的写作效果。

在第一部小说集《一切坚固的都烟消云散》中，于一爽就形成了特别的"于式"风格。这部集子中的小说似乎都不讲求谋篇布局，更远离中规中矩的路数。似乎每一篇都在表明，于一爽并不重视和追求所谓的"艺术考量"在文体范式框架内的实施和效果。相反，她把对题材、形式、情感等元素的审美把控，降到了不易觉察的程度，而对于小说所要求的与结构、逻辑、节奏等有关的艺术性指征，她也没有表现出太多的关心。所以，这些小说基本上都没有完整的故事和连贯的线索，也没有清晰的主题和明确的意义，甚至有的小说都没有多少可以被清晰复述的情节，只有一些场景和细节。于一爽所做的，只是以一种松弛的、随性的姿态，写出几个面目模糊、内心虚空的男人和女人，写出现代生活中无聊尴尬的一些片段和情景，写出这些男女暧昧不明、有情又无情的情感关系。在这样的书写里几乎没有通常意义上的高潮，因为文本中没有通常意义上的冲突和矛盾，那些本可以形成的冲突和矛盾，都被于一爽消解在了萌芽之中。

那么，于一爽在小说中真正专注去做的是什么？——陈述"事实"。哪怕是一些看起来没有逻辑关系的事实，哪怕是一些琐碎到微不足道的事实，她都如实陈述。具体而言，就是用一种"极简主义"式的直白和简略来描述细节、勾画场景。而这种直截了当的克制，又是用一种任意和散漫的姿态来完成的。似乎所有的书写都是随性而至，也都目的不明，指向不明，并且，去向不明。于是，我们很难确定这些"事实"到底意味着什么，有着什么样的意图和含义。还好我们可以明确地从于一爽的"腔调"之中有所领会和感悟，那是一种淡漠又真诚的叙述腔调：文字是简练传神的，语气是硬朗平静的，口吻是颓然无谓的，意味是难以捉摸的，但你仍然能读出平静之下的荒谬和冷漠背后的伤感，读出无动于衷之后的同情。所有这些"与众不同"结合在一起，成就的是一种叙事上的辨识度，也就是鲜明的于一爽风格。

确实，于一爽的小说写作，既无心于讲故事，也无意于提炼价值、表达观念。《一切坚固的都烟消云散》在叙事逻辑、表达指向和技术成分上，似乎与传统的小说规范都有着一定的距离，但是，这些并没有影响到它作为小说的表达。不能否认，《一切坚固的都烟消云散》洞察到了真实存在但未被充分书写与观照的某种人物、存在和关系形态，并以自己特有的方式将之形象地表现出来。事实上，也是通过这些小说，我们才发现，并不是只有动人的故事、宏伟的主题、宏大的意义和深刻的内涵才具有被表达的权利和价值，看到并表述某些主流之外的经验和存在，也一样会产生效果和意义。

"八零后"写作者中不走寻常路的,除了于一爽,还有草白等人。草白的作品,能够以稍显稚嫩的独特叙事,表达出新鲜又不乏深刻的感受和思考。与诸多同辈的小说写作者不同,草白关注的,不是历史或现实,也不是自身的个体经验,而是变形和变异。她的小说,比如《锦衣》《土壤收集者》《你的身体里有架飞机》等,写的都是特异奇幻的故事和新颖别样的感受。她似乎天生就通晓"非现实"的魔力,又能够以天真大胆的想象力和自由充沛的创造力来处理这种特别的"经验"。在她从容轻巧又出其不意的讲述中,荒诞的似真似幻的故事就产生出一种新鲜生动的感染力,一种带着几丝湿冷和阴郁的梦幻气氛也油然而生,然后,那些奇幻、奇异的事件竟然就有了隐喻、象征或寓言的意味。更为特别的是,这些小说的核心指向,竟然是关于"存在"的终极性问题,是关于精神世界中的那些无解疑问。草白在小说中以一种童稚的天真,坦然面对关于死亡和存在的认知与困惑,无所顾虑地进行并表达自己的观察和想象,丝毫无惧于其中的宏大和沉重。也许草白的表达是未经规训的,不够成熟的,似乎不注重内在逻辑,也可能会有叙事上的"短"和"缺",但它的自然随性和不落窠臼,能将新鲜与深刻结合得毫无匠气、毫不生硬。这是草白与众不同的自我风格。

　　于一爽、草白的小说写作,也许不能追索出清晰的流脉,似乎也没有深厚的渊源,却能以鲜明的自我风格,为"八零后"写作的多种面相增添新的向度和样态。其实,在现代小说发展的意义上,这种非主流非传统但是有风格有个性的书写,也该有自足而充分的生存和发展。

如果说，在"八零后"作家的小说创作中，王威廉的小说是从思想出发的一种书写，那么，蒋峰的写作则是从技术开始并伴随技术成长的，而于一爽、草白的小说，则可以说是从风格开始的写作。从他们这些较为鲜明的特质中，我们可以窥探到"八零后"作家的作品在思想、技术、风格等不同向度上的表现和质地，并估量出它们具有的宽度、厚度以及达到的高度，当然，也包括先天与后天的缺失和不足。也可以说，通过他们的作品，我们管窥到的，是"八零后"作家写作中所包含的多样面目的有效部分。

当然，这样的总结，并不是论断，更不能是绝对的定论。要知道，思想、技术、风格，只是三个被以简单粗暴的方式提取出的关键词，其背后，是大量被省略的空间和大量被忽视的成分。即便它们能不偏颇地提点出这几位写作者相对突出的特点，也不过是"八零后"写作中的三个细小切片而已。即便是对被列举的作家而言，这样的特点概括也是片面的，比如，王威廉的写作在思想性之外，也追求形式的变化，讲究叙事策略和表达方式。而对蒋峰和吕魁来说，对技法的娴熟使用，并不表明他们就忽视或缺失了对故事及内涵的追求与表达，或者只滑行于现实的表面而遗失精神关怀。于一爽和草白的作品也并不是只有风格没有技法和内容，更有着自己的精神底色。而对于诸多的"八零后"写作者而言，这样的切面选取更是片面的。且不说注重思想深度的不止王威廉，叙事意识与技法出众的也不止蒋峰和吕魁，更不是只有于一爽和草白才具个人风格。单就"八零后"写作已经展示的诸多面相而言，还有许多以其他特征存在显身的写作者，也足以作为观照"八零后"写作的横切面和出发点，比如，书写南方乡镇世情的林培源，书写城市白领生活及精神状态的文珍，写出"故事新编"型科幻小说的飞氘，等等。总之，对于"八零后"写作的观察和谈论，既难以宏观概括，也难以面面俱到——事实上，对任何一个时代的写作者，正常的情况下都应该如此。毕竟，写作在本质上是独立的个体行为。

不可否认，"八零后"这一命名在今天，已经不再有当时意指"新生代"的那种内涵，事实上也不应该再有。且不说"九零后"的写作者已不鲜见，就"八零后'自身而言，他们已跨过而立之年，如上文所列举的几位，已经从事了十年甚至更久的文学创作，已不再是当初的文学新人，亦不再是社会上的"初生牛犊"了。在外，随着年龄的增长、资历的增加，他们进入新的人生阶段，逐步加入到社会"中坚力量"的队伍中——这也是历史的必然，也承担起了比之前更重更多的责任和负担。在内，因为阅历、经验、知识的增加与积累，他们对人生对世界对自我的了解和认知也在改变、成熟，在内心和精神上，他们应该都已"成人"。也许，作为历史景深中的"八零后"一代，他们在心理上、精神上和现实生活中正面临、应对着一些具有时代性的困惑与迷茫，甚至是困境，但是，就他们的写作而言，不管是作为一种精神反映还是作为一种文字技艺，都已进入一个持续成熟、深化、提高的阶段。一方面不再是稚嫩的新手，一方面又不像一些已

"成功"的前辈作家，需要寻求突破和转变。从各方面来看，"八零后"写作已经具备了"井喷"和"爆发"的条件，用一种未必正确的集体主义话语来说，他们所要做的，就是以自己不断提高的实绩，创造、迎接自己的时代。以目前的现实状况来看，他们已经自然而然地这么做了，在文学的各个书写领域，在书写的各个维度、各种向度、各个层面，我们都能看到"八零后"引人注目的面孔，而且，也将会更经常地看到"八零后"的更多面孔。当然，虽然被冠上"八零后"的集体名头，他们依然是一个个独立的写作个体，也仍然有各自的前进空间。

现实观照与理想主义诗意
——谈郝景芳的科幻小说兼及科幻写作的可能空间

在短篇科幻小说《北京折叠》获得了 2016 年雨果奖的提名之后，作者郝景芳一时之间备受关注。这位仿佛横空出世的年轻写作者，在此之前已经写了十年的科幻和非科幻小说，作品包括数十篇中短篇，还有一部曾被拆分为两部先后出版的长篇《流浪苍穹》。

谈论郝景芳的科幻写作，还是应该从《流浪苍穹》说起。因为，在通常情况下，相较于短篇，长篇小说有更多的空间来展示写作者的文笔和特征、思想与意图，也更能体现写作者驾驭题材、实现叙事的写作能力。而《流浪苍穹》正是这样一部充分显现了作者优点、缺点及特征的长篇叙事作品。

通俗地说，《流浪苍穹》是一部"野心"之作，因为它涵盖了远超一部小说所能包含的复杂意蕴和丰富内容。相对于作者在其中所意图并实现的表达，小说所讲的故事倒显得有些简单：一位在火星出生成长的女孩洛盈和一群同伴被送到地球生活了五年，返回火星之后，他们发现，故乡已经回不去了，对火星的生活方式和体制构成、系统运作，他们产生了越来越多的怀疑和抵抗。随着火星政体本身的暗涌和波动，洛盈一步步了解到家族的秘密和火星城市的历史，也经历了艰难的内心成长。而火星城市，也发生了前途未卜的改变。

仅从故事来看，《流浪苍穹》似乎是一部成长小说，主要讲述洛盈从迷茫到寻觅到坚定的心路历程，也暗含了一座城市诞生及变迁的历史。然而，正如少女的内心成长绝不会像外表看起来那么甜美简单一样，《流浪苍穹》所涉及的问题和思考也远比故事本身更为复杂难辨：文明和历史，科技和经济，制度和人性，责任和义务，语言和镜像，独裁与民主，自由与秩序，战争与和平，物质与精神，个体与整体，沟通与壁垒，变革与稳定，命运和选择，生命的意义和自我的价值，等等，诸如此类或宏大或具体的意象与元素，毫不掩饰也毫不犹豫地在小说中集结，一个接一个、一重又一重，有时还是一团又一团地冲击着故事中的人物，甚至淹没了故事中的人物。于是，一位少女本可以轻盈舒展的成长，便成为沉重艰辛的人类社会的成长。

然而，你不能说这不可能，或太夸张，就如你不能说在科幻小说中不可以有外星人一样。如果你像洛盈一样，分别在两个几乎各方面都截然不同的星球中生活过，经历了互相冲突的两个世界，体验了天壤之别的两种人生，你也会对这些在普通的生活中显得庞大又遥远的问题有所感触和思考。实际上，少女洛盈的成长就是一条承载着血肉和情感的线索，她从火星来到地球，又从地球回到火星，来回一穿梭，就用自身连缀起了两个星球。随着她的成长，线索越收越紧，两个星球噼里啪啦地碰撞并在碰撞中磨合，迸溅出激烈的火花，也迸发出诸多问题和思考。处于如此庞大的星球背景之下、处在如此激烈的问题旋涡之中，洛盈，如果仅仅作为一个成长中的个体来串起整部小说，未免太单薄太无力，她必须，也确实是，站在更宏观的人类的角度，才足以抵抗和面对，也才能够在这部小说中完成一个主角的使命。

不过，作为叙事引线的主角洛盈固然重要，《流浪苍穹》中最重要或者说最基础的元素，还是地球、火星和彼此之差异，它们才是问题的根源，是冲突、矛盾及争斗的导火索。不得不说，作者对地球和火星的"二元"设置，看起来简单，却合情合理，且行之有效：地球人和火星人，原本都是地球人。分裂之后，双方在不同的地理环境和经济体系中形成了两种几乎是截然相反的生活形态。简单来说就是，火星城市敬仰宏伟的人类文明和历史，相信科学、技术，追求理性和公平，排斥商业化的混乱和私人化的欲望；而地球的世界，则崇尚自由多元，追逐商业利益和欲望满足，一切都要在市场上寻求并验证价值。火星人过着按部就班的系统性的集体生活，人人都要归属一个"工作室"，火星城市就是他们的"中央处理器"；而地球人，则像一个个"个人电脑"，在个体化的自由和多元中消解了崇高和无私。双方都不屑于对方的"落后"，相互敌视并攻击，又因为现实限制不得不相互合作，各取所需。面对差异如此鲜明的两者，我们，包括作者、洛盈和她的伙伴们，都不能贸然地判断，究竟谁更"先进"更"合适"，只能说，它们是人类社会根据不同情况选择不同侧重面之后所可能发展出的不同形态与状况。它们看似水火不容，实则都来自人类社会对进步和美好生活的追求。不过，可悲的是,这种追求并没有一种完美的结果,不管是精心设计的火星,还是自然发展的地球,都有不可避免也难以弥补的缺陷和弱点。你看,地球人固然可以自由地选择丰富的个体生活,但这生活是被利益和欲望所限制的。火星呢,固然能够通过公平分配来摆脱利益和欲望的影响,却剥夺了人们脱离体系自主发展的选择和自由。

那么,在差异之上,可以沟通吗?可以寻求共同的美好归宿吗?毕竟,地球人和火星人,都是"人",说着同一种语言,难道不可以建立一座超越差别的巴别塔吗?《流浪苍穹》确实建立起了一座巴别塔,一座包纳一切语言信息的巴别塔。然而,这是只属于火星的巴别塔,被戒备森严地闭锁在系统的深处。被占有被把守的巴别塔,还是巴别塔吗?它的性质一如它的形式,是虚拟的、非现实的,换句话说,就是无法实现的。就像无障碍的交流只能在想象中实现,巴别塔也只能在虚拟中存在,既打不破语言的镜像,也无法解决现实的沟通问题。

而这正是洛盈和她的伙伴们的困境之根本。作为火星和地球之间合作的棋子,他们只能沟通自身,无法让双方真正沟通。在亲身体会到了地球和火星的差异,感受到了双方的限制之后,他们既不愿回到机械的火星体系之中做一颗螺丝钉,也不愿回到随性混乱的地球异乡,只能在两者之间游离,流浪,无从选择,无处落脚。在这样的处境下,他们怎么能不怀疑、不迷失?也必定要去追问和寻找。于是,火星体系自身的裂痕,被他们一点一点地发现了、感受了、思考了,并且,试图修正了。此时,小说所展示并思考的问题，已经不仅仅是火星和地球的外部差异与分歧了，更多的是火星体系内部的缺失和矛盾。毕竟，如果仅仅用外部差异来制造冲突，就像是只靠外表变化来描写少女成长那样，只能画皮，无法入骨。事实上，地球和火星的差异，固然引发了许多问题，却不是一切问题的根源。毕竟，人性中有些东西，在哪种环境里、到哪种体系中，都是一样的。地球人就没有规则了吗？火星人就没有欲望了吗？不管是地球人的"制造欲望"，还是火星人的"压抑欲望"，不都是"欲望"吗？洛盈就明确地告诉大家："一个地方有一个地方的欲望。"因为她明白，越是看上去有差异，越是在骨子里相同，而人，都是爱自由的。

那么，火星自身的最大问题是什么？应该是所谓的"自由"问题，具体而言，就是平静表象下涌动着对自由的向往和对变革的需求。规则总是期待被打破，而安稳往往孕育着变革。在不可遏制的欲望的推动下，没有什么能够永恒不变。事实上，火星上的变革呼声也始终不曾断绝。在洛盈的爷爷为避免资源交换建立了一个量化分配的平台之后，洛盈的父母站出来要求平均化的公平。而到了洛盈这一代，又开始呼唤自由交换。就这样，一代一代竟然形成了一个循环，洛盈反对她的父母，她的父母反对她的爷爷，她的爷爷又反对他们。这就是瑞尼所说的，革命、革新、变革等诱人的词汇，总会有一代人追随，另一代人反对。可是，在自由和秩序之间，在求变和安稳之间，到底哪个更重要？这样的循环，真的让世界变好了吗？身处其中的人有自以为正确的答案，然而，有着"清醒的自由"的人却无法回答。也许，在这样吊诡的历史情景和现实处境中,没有绝对的正确与错误,也没有绝对的胜利可言。

洛盈所遭遇的人生困惑还不止于此。作者并不满足于从外部差异挖到内部缺失,还要继续向内挖,向人的内部挖,直挖到人的内心深处,直到让洛盈身陷"内外皆困"的"无物之阵",不仅面对着艰难的外部世界的问题,还面临着难解的关于"人"的生命困惑。比如,她不知道如何找到精神的家园,怎样感受生命力的存在,也疑惑于"生命的存在是为了伟大的历史与杰作,还是生活本身就是全部的意义"。她所怀疑的,不只是火星的生活方式,也是生活本身,所以她搞不清楚究竟该要什么样的生活。对一个人来说,对生活的怀疑是人生中最为沉重的疑问,也是最难找到答案的疑问,甚至可能是无解的疑问。洛盈始终在思考中寻找着答案,而在找到答案之前,她只能是一个没有家园的人,一个身心流浪的人。

至此,我们完全可以看出,《流浪苍穹》确实是一部成长小说,关于人的心灵和精神成长,关于一座城市的成长,关于人类社会的成长。宏观上,《流浪苍穹》意图构想人类社会更具可行性的生存模式和生活方式,包括科技发展方向和经济模式,所以,它在过去和未来之间游走,在具有"现代"性质的火星和具有"后现代"性质的地球之间探讨,在现有的和可能有的之间询问:是不是有比火星生活和地球生活更合适更优质的空间和方式?在微观的层面上,《流浪苍穹》也在传达个体生命的追问:人生的真正价值是什么?生活的意义到底是什么?心灵的流浪感从何而来又如何安抚？作为一部小说，它一边在做抽象的思考——关于存在的精神价值、语言的意义和作用、自我意识和意愿的寻求与确定，还有命运的偶然和必然、文明的终极指向，都是它所要关注并表达的问题。与此同时，它还在做具体的观察与追问——人性和人心有什么样的表现，公民在社会生活中有怎样的责任和义务，自由和秩序是什么样的辩证关系，资源该如何保护和开发，科技在朝什么方向发展，经济要以什么样的模式推进，劳动方式会如何改变，等等。显然，作者确实是把"日常中看到的、想到的、想到但想不开的"东西，一个都不放过地写进了这部小说中。这就是它作为一部小说的"野心"。

应该说，所有这些问题，都不轻盈。它们要么是沉甸甸的现实，要么来自沉甸甸的现实。即便看起来荒诞，也是由于现实的荒诞。这正是郝景芳科幻写作的一大特点：观照现实。在《流浪苍穹》中，从人类社会发展的困境到人之为人的困境，从外部世界的困境到内心的困境，从社会生活的困境到精神的困境，无一不是现实的映照。这也是为什么我们能够对洛盈的困惑和迷茫感同身受的原因。在某种意义上，地球和火星的对立与差异，包括它们拉扯不清的纠葛，难道不是现代人现实处境的象征和展示吗？一方面是规整的社会生活，一方面是独立的自我意识。两者的断裂和冲突，让人无所依从，矛盾，惶惑，找不到心之所安。而那些关于资源短缺和配置、劳动力的解放和流动、科技竞争和发展、国际贸易和合作、信息传递方式等的问题，那些关于自由和限制、整体和碎片、分享与占有等的矛盾，同样也是当下社会现实状况的"升级版",是现代生活的真实情状。至于洛盈内心对自我的迷茫和对生存意义的追问,以及对生活和生命的不确定感,又何尝不是我们的内心感受呢?身不由己的流浪和流浪感,正是现代人的生存状态和内心感受。是的,《流浪苍穹》当然是科幻小说,但是,是反映现实的科幻小说,其现实成分并不弱于其科幻色彩,正如郝景芳所说的:"表达的是虚拟空间,关心的是现实空间。"

将对现实的观照和反映作为一种主题,不仅体现在《流浪苍穹》之中,也体现在郝景芳的诸多短篇小说中。她的科幻写作,基本都是"以某种不同于现实的形式探索现实的可能",比如最受关注的《北京折叠》,除了那些硬科幻式的技术成分,这篇小说几乎就是一部现实的寓言。老刀所处的社会境况、所过的底层生活,以及社会阶层的固化及其弊端,正是当代社会某些方面的强化和提纯。郝景芳的其他作品如《九颜色》《雕塑》《癫狂者》《莫比乌斯》等,也都对社会生活和个体生活的不同状况及问题有所关注和涉及,还有一些作品带着强烈的现实寓言色彩。从这些作品来看,郝景芳对现实的关注,无疑是深切而广阔的。似乎,从天到地到人,都在她的观照视野之中,生活中所能观察并思考的一切,所能体验并感受的一切,所能推想并预测的一切,不管是物质的还是精神的、社会的还是个人的,也不管是经济的还是科技的、人文的还是伦理的,都在她的表达意愿之下。这对写作者来说,当然是一种可贵的能力和品质。

除了现实关怀,郝景芳的写作还有一个比较突出的特征,可以将之归纳为"诗意",更具体地说,是"理想主义诗意"。这种诗意来自两个方面,其一是唯美深情的笔触。不管是描写人物、景象,还是抒发情感、思绪,郝景芳总能用自己独有的庄重又细腻的语言将之书写得典雅、优美,带着梦境般的色彩以及淡淡的深情的忧伤,营造出一种诗意的氛围。《流浪苍穹》如此,其他的中短篇作品也如此。有些短篇本身就具有诗化的倾向,比如《遗迹守护者》《九颜色》,其中感性唯美的语言和表达蕴含并传达出诗性的质感和韵味。不过,就《流浪苍穹》来说,更多的诗意来自它所散发的理想主义光辉。虽然《流浪苍穹》写了诸种不乏沉重的困境,依然无法遮掩其理想主义色彩。这种理想主义主要体现在人物身上,像洛盈、安卡、伊格、瑞尼、阿瑟老师,包括汉斯爷爷、朗宁等人,无论处在怎样的困境中,都能保持自身的纯良、正直、勇敢;面对无解的疑惑和追问,也依然不灭对自由和未来的憧憬,依然坚持对美好的信心和向往。固然,理想主义的代价,很可能是赤裸裸甚至血淋淋的现实,毕竟世上没有真实的理想之地,但是,他们不会因害怕和失败而屈从,更不愿变得麻木、混沌、卑下。为此,他们不惜放逐自己,离开地球,离开火星,离开已有的、固有的。这是一群闪耀着理想主义光彩的人物,他们为这部小说涂上了一层具有隽永意味的诗意。其实,何止人物,《流浪苍穹》从头到尾都散发着理想主义的气质,所以我们从中看不到卑劣和龌龊,也看不到肮脏和丑陋,我们看到的,是美、善和爱,以及尊严、尊重和理解。在这样的理想主义笔调下,一定程度的自私和逐利已是最大的"恶"了。当然,这种"浪漫主义诗意",不只在《流浪苍穹》中有所显现,从郝景芳的其他作品中也可以鲜明地感受到、品味到,只能说,这种"诗意"已是她的书写基调之一了。

作为一部长篇叙事作品,《流浪苍穹》有显著的特点和优点,也有明显的缺陷。也许,正是它的所长导致了它的所短。作者有如此之多的想法和思考意欲表达,而事实上,一部小说,即便是长篇小说,它的容量也是有限的,不可能装下所有的问题,更不可能解决所有的问题。如果不能对表达有所选择和控制,那么,小说不仅会变得芜杂、臃肿,还容易出现无效表达的情况。一些本可以说清楚的问题和话题,一旦没有足够的时间来酝酿,没有充分的空间来展现,那么,它们的出现和存在,就失去了应有的价值和意义,就变成了悬挂在故事外部的无关痛痒的"皮毛",更有甚者,就像《流浪苍穹》中的巴别塔,成了虎头蛇尾、不知所终的"意外"。而且,从叙事的角度来看,一旦附加在故事线上的意图太多,线索就很容易被淹没在话语之中,于是叙事结构便变得模糊甚至臃肿起来。更重要的是,故事就变弱了,不足以承担起所意图的表达。为了弥补这一点,作者不得不额外设置一些情节和场景,然而,这些为表达而设置的情节和场景,缺少充分的、自然的逻辑,变成叙事链条上突兀的枝节和分叉,由此又导致叙事的推进失去了节奏。总的来说,《流浪苍穹》有着难以消除的"理念先行"的痕迹,似乎是为了表达而叙事,诸多的想法和思考未能完全融于叙事之中,令人惋惜。如果仅从《流浪苍穹》来看,郝景芳驾驭长篇的叙事能力,还有进一步提高的空间。然而，令人欣喜的是，她的许多短篇，包括中篇，如《山中问答》《看不见的星球》《繁华中央》《镜子》等，以多变的主题和话语方式展现了她丰富的想象力和阔大的叙事视野，而她在这些作品中所实现的对形式和节奏、意境和韵味的把控与营造，也充分说明了一个写作者在叙事上的能力和潜力。

科幻文学的捍卫者塞缪尔·迪兰尼在强调科幻作品相对于主流文学的独特性时曾指出，读者对科幻作品的语言的理解和解读，往往与现实世界的逻辑不同，甚至相悖，因为科幻的世界所遵循的，只是作者所设定的社会规则和逻辑。确实，对我们而言，科幻作品似乎只需要逻辑自洽，便可以摆脱现实的限制而"为所欲为"。这就意味着，相较于其他的创作载体或文学体裁，科幻具有更为广阔也更为自由的书写空间。就如科幻作家、学者吴岩所说的，只有在科幻作品中，语言对可能世界的建构和演绎，才能够得到最大程度的发挥，这正是科幻作品具有创意性的核心。也许，正是在这种独有的创意性的驱动和引导下，科幻作品才仿佛天然般地表现出了对"上天入地""起源毁灭"的探索和热情，而我们看到的许多科幻作品，也常常是聚焦于超现实的空间，凌越于现实之困，探讨不可能的可能。在这样的情况下，郝景芳的科幻写作，就显出了特别的一面。她的科幻小说，长着一双现实的翅膀，承托的是现实的希望。当她向上看的时候，她立足的是现实的土壤。当她勾画未来世界的时候，她探讨的是当下的社会、生活和人。这样一种扎根于现实性的科幻写作，并不是将科幻缩小到了现实之中——科幻从来也不曾排斥现实、抹杀现实，反而展示出科幻写作空间的丰富与多维。从郝景芳的科幻作品中，我们可以看到，可能世界的构建，不仅是科幻的，也可以是现实的。科幻作品的表现对象，可以是任何可能的不可能的事件和未来，也可以是真实的生活和普通人的内心；可以是宇宙般浩瀚宏观的，也可以是日常生活般具体而微的。这样从虚到实，从实到虚，虚实结合，无所不包，不正体现了科幻空间的广阔无边和无限可能吗？

事实上，从郝景芳的写作来看，把科幻写作从文学创作中单挑出来，将它同所谓的主流文学做"二元对立"式的划分，既是没有必要的，也常常是有失公允的。且不说文学本身无法也不需要被划分为暗含等级的不同阶层，也不说多种形式的科幻作品在当今的发展程度以及在当下生活中的影响，更不提科幻写作所拥有的广阔空间、可能前景以及如今已经实现的成果和程度，单就作品文本来说，同是具有独特的表现力、吸引力、影响力以及文学魅力的作品，又凭什么因为表达载体的不同而被区分为"主"和"非主"呢？《流浪苍穹》中洛盈说过这么一句话："长大了就是想了解话语背后的东西，而不只是话语本身。"对于"长大了"的文学来说，也是一样的道理，重要的是形式所承载的东西，而不是形式的性质。当然，认可这一点也意味着，当你写作的时候，不管是创作科幻作品，还是书写所谓的主流文学，对文学性的追求，都是不能越过的首要之务。

从讲故事的机器人到写小说的机器人
——浅论飞氘的小说写作

一

如果我们将飞氘称为科幻作家,那么,在谈论他及他的作品之前,就需要解决这么一个问题:在什么样的语境中进行这种谈论更合适?也就是说,我们是选择类型文学写作的话语背景,还是将之放置于一个更宏大的文学创作的语境之中呢?

通常情况下,科幻小说被视作类型文学,而且是一种比较特殊的类型文学,特殊在其必不可少的科幻元素或成分。科幻小说一定会包含一种或多种科幻事件,这是它之所以成立的必要条件,否则,就不成其为科幻,自然也就不成其为类型了。亚洲首位获得雨果奖的科幻作家刘慈欣曾说,科学的神奇感和科技带来的对未来的向往,是"科幻文学生命力的源泉"。可是,这类"科学的神奇感"和"对未来的向往",并不是光凭想象或写作技能就可以获得的,它们必定依赖也关涉一定程度的科学技术知识。因此,不同于推理、悬疑、玄幻或青春小说等其他的类型文学,科幻小说的完成需要借助实实在在的科学素养和背景。可以说,不具备相应的理工科知识,很难写出真正的科幻作品,至少写不出"硬科幻"品质的作品。这也是科幻文学的写作在专业技术上所具有的难度。但是，承认并肯定科幻文学中的科技知识因素，并不意味着我们一定要讨论它们。是的，科幻小说中的"科幻情节"和"奇迹"，在很多时候，都是现代科技发展的预测和预演。许多曾经只能在科幻小说中出现的场景和设想，已经逐渐被当代的科技所实现，比如，人工智能、星际考察、基因转变、克隆。现代科技的发展日新月异，已全面渗透到我们的生活之中，姑且不论这发展的后果有什么样的利弊，对于普通人而言，已经不会轻易地去怀疑它所具备的可能性和无穷潜力了。也许正因为如此，当我们面对科幻小说中或大或小或异想天开或有据可依的科幻事件时，可能觉得新鲜或有趣，可能会赞同或不以为然，却不再大惊小怪地感到神秘，更很少一板一眼地辨析和质疑其现实可行性。总的来说，我们肯定科幻因素对科幻小说具有"定性"的重要性和必要性，甚至也肯定其可能性，但是，我们也明白，它们在文本意义上更多起到的，是载体、工具、表达手段之类的作用，因此，除非是从微观上进行具体的专业性的科技探讨，我们很少将它们纳入小说文本的谈论范围之内。那么，如果不去讨论那些使之成为"类型"的科幻因素，我们又有什么必要一定要在类型文学的框架内讨论科幻小说呢？

具体到飞氘的作品，我们的选择其实更容易。不管是《纯真及其所编造的》《讲故事的机器人》，还是《中国科幻大片》，包括《去死的漫漫旅途》，基本上都不能简单地称为科幻小说。对于这些作品而言，科幻小说的命名和归类，显得不够公平。究其原因，倒也并非如飞氘自己曾笑言的，它们是"披着科幻的外衣写奇幻，披着奇幻的外衣写青春"，而是因为，在这些作品里面，有科幻，有奇幻，有青春；有神话，有寓言，有"史记"；有现实，有历史，有未来；有自然，有社会，有个体；有哲学，有现象，还有一些复杂的不知该如何命名的想象、思考和表达。总之，它们并不是严格意义上正常的科幻小说。如果从单一的类型写作的角度来讨论这样的创作，必将出现令人遗憾的偏颇。所以，最恰当的方式，应该是将这些作品放在文学创作的宏观背景下进行阅读和分析，由此我们才能较为全面地观察，或者说揣摩到一个写作者及其作品的文学性表现，包括其可能的内涵。

二

先从故事说起。小说要不要讲故事？小说和故事到底是什么关系？小说作者在什么意义上是"讲故事的人"？诸如此类的问题已经有过无数次的争论。总结下来，比较稳妥的说法是，小说可以讲故事，也能够讲故事，但小说不是为了讲故事。或者说，小说不止于讲故事。因此，优秀的小说不一定就是把故事讲得好的小说，但是，将故事讲得好的小说也可以是优秀的小说。小说的优劣之分不在于是否讲故事。事实上，对于通常定义下的科幻小说而言，要不要讲故事根本就不是问题。它一定要讲故事，而且讲的不是一般的故事。不管它是硬科学型的、未知世界探索型的、玄想型的，还是科幻与奇幻交织型的，都必须通过故事的类型来标示自身的性质。故事性强是科幻小说乃至类型小说的普遍表现，让人读得酣畅淋漓是它们天然的使命，却并不必然是它们作为文学书写的缺陷和弱点。在故事性强这一点上，飞氘的写作倒是非常符合科幻小说的要求。而从文学创作的角度来说，不管他是不是纯粹意义上的科幻作家，他肯定是一个独特而出色的故事讲述者。

《讲故事的机器人》中的飞氘，就像是《一千零一夜》中的桑鲁卓，向我们讲述着各色各样的奇异故事，而且讲得绘声绘色。但是，他显然比桑鲁卓更具有天马行空的想象力，毕竟，他讲的是科幻故事，讲究的就是天马行空。所以，我们也不必惊奇于他的故事比桑鲁卓的更奇异，更新鲜，也更多变，这本就是当代科幻小说应有的魅力。我们应该惊奇的是，写出《讲故事的机器人》的飞氘，自己分明就是一个讲故事的机器人，竟能层出不穷又逻辑通畅地编织出各种各样的事件和花样翻新的情节，以至于全书的二十三个故事，读起来就像是"一千零一夜"那么多。从古代王国到现代社会再到未来世界，从茫茫宇宙到渺渺尘埃再到芸芸众生，从天地之初到世界末日，从宏伟的星际景观到细微的日常烦忧，都被飞氘用不同的方式和风格讲了出来。他为国王造出了能源源不断讲故事的机器人，把缩小的狙击手隐遁在鞋子里，还让困在"不存在"之地的飞船舰长吃掉了指挥部高层的身体；他让未来的自己给以前的自己写信指引人生道路，让战争狂魔的大脑离开躯体而活出新生，又把赫耳墨斯逼成了在星球上潜伏的间谍。跟着他变化多端的故事，我们时而上天，时而入地；一会儿看尽沧海桑田，一会儿历经天地巨变。他让我们目睹了星际战争，也看到了人情冷暖；见识到阴谋和伟业，也听闻了悲伤与绝望。如此这般穿梭在飞氘的故事之间，时间似乎失去了意义，空间似乎失去了限制，你不由会产生一种"无限"的错觉。不，也许不是错觉。因为，你可能不知道飞氘下一篇要讲什么，但你会相信他能够一直不停地讲下去，而且，就像桑鲁卓那样没有重复。因为，他这个讲故事的机器人还长有翅膀，丰富的想象和广阔的视域就是他的两扇翅膀，能够载着他，还有我们，飞向似乎无边无际的故事空间。

《中国科幻大片》则是飞氘的《故事新编》。也许如今的我们已无从断定鲁迅先生是怎样写出《故事新编》的，但我们能够断定，飞氘是把脑洞开到了天际，开到了地底，开到了远古，也开到了未来，才写出来《中国科幻大片》的。这是内容出人意料的一部作品。即便你不惊诧故事还可以这样编，你也会惊诧科幻竟可以这样写。在这部书里，我们曾经熟悉的那些上古神话、历史典故，将变得陌生、诡异，同时又绮丽、壮阔。除了飞氘，又有谁能够想象得到，原来盘古顶天是因为遭遇了宇宙收缩，后羿射下的乃是衰变成红巨星的太阳，而夸父逐日飞奔之时切割着地磁感线能产生巨大的能量。我们看到，这混沌的宇宙、融合的天地、裂变的人间以及曲折的历史，因为被飞氘注入了现代科技的元素和神出鬼没的想象，呈现出惊心动魄、宏伟瑰丽的新异面貌。在飞氘笔下，孔子乘坐墨子做的热气球登上了泰山，把天摸裂后穿越到了八千多年后，这期间人类经历了二百多次的灭亡，而夫子仍在苦苦思索"道"之所在。飞氘还偷天换日，把我们看过的那些西方科幻大片改编成了中国故事，别出心裁又鲜明形象地勾画出那些纷乱的历史片段、波澜壮阔的重大事件以及各具风采的历史人物。于是，人类成了女娲造出来的弗兰肯斯坦，铁木真变成了钢铁侠，眉间尺是终结者，乾隆皇帝在避暑山庄猎杀恐龙，郑和在星际旅行，杜甫在世界末日拼命地建造可庇护一百万人的广厦，周树人则在异次元杀阵的无解魔方中孤独地奋战，而花果山上的仙石则成了读取真经拯救世界所需要的第五元素。如果说上述的改编之中多有戏谑的黑色幽默，那么，将卡夫卡笔下荒谬的城堡故事改编成中国式的"铁笼子"故事，则更显敏锐和沉痛。《中国科幻大片》中都是这般玄幽而奇魅的故事，散发出忧伤乃至悲壮的冲击力，让我们认识到一个鬼马精灵、不同寻常的飞氘。

《去死的漫漫旅途》是篇幅较长的一部作品，讲述的是一群不死的机器战士执着追寻死亡的故事。战无不胜的军队走遍了全世界，依然不知道什么是死亡。当他们经历了人间的百变渐渐有了自主意识之后，终于发现了生，也终于接近了死。这个故事包含了许多飞氘式的元素：天地的巨变和时间的流逝，历史的无情和生活的无常，人性的可悲和文明的荒诞。在一个广阔的时空中，飞氘编织进了历史和现实的结合、自然和社会的结合、人和机器的结合，还有真实和虚幻的结合、短暂和永恒的结合、生和死的结合，也华丽丽地编织出自己独有的博大又诡丽、灵动又沉重的故事风格。

相比上天入地、漫无边际的内容，飞氘对故事的讲述方式也同样有些不可捉摸。通常情况下，他喜欢用一种带有调侃意味的语言，向着高潮勇猛地冲过去，直至最后结束，而这期间他的腔调又是多变的。他有着非常宽阔的话语频道，能够时而华丽时而简洁，时而幽默时而质朴，时而空灵时而辛辣。所以，我们时不时就能看到一些具有散文风格或诗歌意味的片段或章节。但是，不管是在哪个频道中行进，他都可以在宏观和具体、细节和概述、缓慢和快速之间来回跳跃转换，具体依情节推进的需要而定，同故事的内容一样往往不在我们的预料之中。幸运的是，他的跳跃还是灵活的，转换也是自如的，没有明显的磕绊或滞塞。如果说多变的腔调来自他讲故事的天赋，顺畅的切换则源于他对叙事的掌控力和敏感度。具有这样的天赋和能力，自然可以写出风格多样的故事，就如我们看到的这些，有宏伟的，也有玲珑的；有沉重的，也有轻巧的；有深情的，也有冷峻的；有诙谐的，也有悲伤甚至绝望的。

飞氘是那种传统型的讲述者，多采取有限的上帝视角。在绝大多数时候，他就像个随性的说书人，从引子开始，有时哗哗地推进情节，有时轰轰地烘托场景，有时细细地表达情绪和感受。说到兴起就汹涌而出，时间紧促就简练略过，总是能胸有成竹地引导、操纵着听众，跟着自己的讲述曲折地前行。显然，说书人飞氘并不是克制型的叙述者，也不是讲求结构的叙述者，他凭着敏锐的感受和准确的直觉就能流畅地推动故事顺势而行，所以，很难确定他有什么稳固的叙事节奏和结构。对一个文学创作者，即便是纯粹的科幻小说写作者来说，如果不能将这种现象提升为叙事风格，就很可能会被视作技术上的一种不足。无论如何，有一点是可以肯定的,具有强大的叙述能力——不管是以传统的方式还是先锋的方式,就已经具备了成为优秀小说家的条件之一。即便是那些不认为小说应该讲故事的人,也不会否认,叙述能力是小说写作最基本的一个要求。

就当下的文学创作而言,像飞氘这样具有强大表达能力的青年作家倒也并不鲜见。"七零后"之后的新一代写作者,不管是青春作家、"类型"作家,还是已经转型的前青春作家,抑或是所谓的主流文学作家,不少都具有出色的文字表达能力和叙事技术。飞氘作为一个选择科幻为其书写领域的写作者,在这一方面实不弱于同辈中的佼佼者。事实上,他对传统的故事式叙述的自觉赓续和熟练掌握,反倒是他在写作上的一个优势。

三

当然,好的故事讲述者,不一定就是好的小说写作者。我们都知道,让小说产生质的飞跃的,是溢出故事的那些东西,是文本比文字多出的那些东西,比如我们通常所说的或轻盈或沉重的"精神品质"。所以说,故事讲得丰富迷人,并不是飞氘的作品"超越"类型写作的资本和原因。事实是,飞氘的小说,既有好看的故事又有多元而深刻的表达与内涵。而且,故事本身和故事之外的表达非常契合,相得益彰,共同形成了超过两者之和的效果和魅力。更重要的是,这些故事所承载和显现的东西,可以让人如有所悟、若有所思,产生共振和共鸣,发现同感和同情。这才是飞氘小说的成功之处,也是它们不再是纯粹的科幻小说的主要原因。因为,在这个时候,科幻以及故事,不论多么精彩,都已经退化为背景与舞台了。

我们并不需要仔细辨别就能发现,飞氘借由对各种故事的讲述,表达了对许多事物的思考和感受,包括对宇宙和众生、对人类文明和历史进程以及当下现实的困惑与反观、质疑和颠覆。几乎他的每个故事,都是在直白的话语之外另有隐含的话语表情,或者是隐喻,或者是象征,或者是影射,或者是反讽。问题在于,一方面,有些主题,在不同的篇章里都有体现和反映;另一方面,在同一个故事里,又常常包含了不同的问题及思索。所有这些表达联合起来,在整体上形成了一种具有和音效果的复调,在作品中奏声响亮,这就是飞氘的叙事美学。这种复调的繁复虽然不容易被条分缕析地辨别,但其主要旋律还是非常明确的:宇宙的秘密、存在的意义、自我的确定、虚与实的本质、战争和人性的无稽、蒙昧与文明的交合、机器与人的纠葛、个体与社会的关系以及死与生的含义。

这些旋律看起来似乎颇为宏大,但是,具体到一个个故事中,就变得可触可感了。我们可以鲜明地感受到飞氘对那些既定观念的戏谑和消解。比如,战争恶魔在身首分离后,竟可以成为平和的智者,而民众为了"正义"所惩杀的,不过是个猪头。比如,后羿、盘古、夸父是一个个"鹰熊"——这个词本身就带着毫无遮掩的调侃意味,他们的身躯巨大到了滑稽的程度,生命力强大到可以避免死亡,但内心仍充满孤独和迷惘。面对自然和宇宙的恶变,他们的无能为力令人可悲,他们堂吉诃德式的义无反顾又令人可叹。飞氘眼中的英雄尚且如此，普通人就更为不堪了。人们像蝼蚁般活着，既愚昧又弱小，生命瞬时就会湮灭。但是，为了生存他们可以向单细胞物种退化，所以又强大到能够生生不息。而在人类与机器的竞争中，人类勉强的胜利只是因为使用了可鄙的"狡猾"技能。

我们也能明确感受到飞氘对宏伟的人类理想、社会、文明乃至人类本身的怀疑与颠覆。在飞氘的笔下，战争是因为人们的无聊和可笑的欲望，与善恶、对错无关，同丑陋、愚昧相连。"大同世界"最终是个黑洞，星球帝国的统一就是为了再次走向分裂。至于所谓的文明和发展，它们最终指向的是人类的灭亡，而且文明越发达，人类就离灭亡越近。就像你不曾料到金字塔是由螳螂建造的，伟大和龌龊之间也有着出乎我们意料的联结和转换。在这样的世界中，人们甚至都没有能力觉察自我的迷失，只有"英雄"如后羿、"圣贤"如孔子等，才会苦苦追问："我"是谁？

我们还能切实体会到飞氘对生与死的终极命题的哲学思考。何以为生？何以为死？不死的战士在追寻死亡的漫漫旅途中，终于明白"不知生焉知死"，存在的意义不是活着，或者说，活着的价值不在于存在。而生存的最有力证明，是自我意识和自由意志。这种超越现世的哲学命题，也是飞氘情有独钟的悖论之一。他喜欢在作品中通过大大小小的悖论来书写困境：如何让不死的人死去，如何在一个不存在的地方存在，如何服从"不再服从"的命令，等等。在数篇小说中都有这样的情节：人们先是设置了定律，然后自身陷入定律之困，又不得不在定律的规则里寻求反定律。定律与反定律形成了悖论，最终导致的是无解的悲剧。其实，这些悖论既是哲学之困，又何尝不是现实之困、自我之困。

由此，我们也感受到了飞氘是怎样一个矛盾体。在他的戏谑和调侃背后，是沉郁忧虑的心怀。他那些空灵而异端的想象，来自严肃而认真的思考。是的，他嘲讽，因为所谓的人类文明不但不是救赎，反而是刺向自身的利剑，人们竟还在一次次试图依赖文明的发展对抗文明自身造成的毁灭，不免可叹可悲。但他的嘲笑也是一种无奈而尴尬的自嘲：我们明明知道，相对于宇宙，生命渺小如粉齑，但我们仍放纵自己的本性，在宇宙这个舞台上演着无意义的各类争斗和无意义的苟且生存，委实可笑可怜。他在深深地疑惑，为什么人类的发展进程，总会出现这样进化和退化合为一体、文明与蒙昧共生共存、本质和形态时时转变的混乱和困境？他也时时感到绝望，因为发现诸多的困境都是无解的悖论，就如天地总会毁灭、人类终会灭亡、救赎之道比刀锋更难越过。但他又会在绝望之中生出悲悯和希望，毕竟，面对一次次的毁灭，人们没有完全地自我放弃，而在毁灭之后，还可能有一次次的重生；毕竟，世界不全是荒诞与虚无，人类不全是蝼蚁和卑劣。最终，他找到了一种既玩笑又不乏认真、既有趣又不无悲伤、既悲观又不乏乐观、既天马行空又无比真实的美学方式，把自己的纠结、矛盾和困惑表达出来。

飞氘还是个具有强烈历史意识的写作者。在自我色彩浓厚具有青春写作性质的《纯真及其所编造的》之后，他就不怎么表现个体的现实的经验了。与其说这是因为他选择了科幻这样一种超脱现实经验的写作类型,不如说他更喜欢将疑惑和思考放入一个大如人类社会历史进程的框架之内来表达。从他的作品来看,他意图在一个从天地初始到世界末日的时间跨度内,在一个宇宙星系的空间范围内,通过种种悲怆的困境和荒诞的悖论,展示人和人、人和社会、人和自然、人和宇宙的关系与历史境遇。然而,我们也不能因此就说,他的写作与现实的自我经验没有关系,毕竟,所有的疑问和表达都来自现实,来自自我意识;所有对世界及未知的幻想,都根源于定位自我的潜在需求,延伸开来,也是为给包括自身在内的人类找到在历史时空中的方位。就像神话学家约瑟夫·坎贝尔所指出的那样,所有的外部冒险,其实都是对内心的探索。

在当代文学发展的进程中,我们曾反复追问,小说应该写什么,客观地描述和反映世界与生活吗?不,那至少已不是现代小说的使命和荣光了。其实,在绝大多数时候,对小说这一艺术形式而言,写什么并不重要,关键是表达出了什么,通向的是哪里。土耳其作家帕慕克曾说,小说的中心是"一个关于生活的深沉观点或洞见,一个深藏不露的神秘节点"。如果是这样的话,那么,小说写作者的任务,应该是表达自己的观点或洞见,而他的目标,应该是让读者感受或接近这个"神秘节点"。这就像是我们的文学传统中所要求的"文以载道"。从这方面而言,不管是科幻、悬疑等类型小说,还是所谓的主流文学、严肃文学,在本质上并无差别,它们都是要通过各自的表达方式,书写和传达自己的洞见、自己的"道"。当然,这些"道",已经并不必然是某些明晰的理念和现世的经验，或者普世的真理与正确的价值观了，甚至也不必然是明确的价值判断与情感选择。就飞氘的作品而言，不管他写作的"醉翁之意"在不在"道"，也不管他是不是明了自己表达的"道"，他那些独特的"道"已然在文中，随文而生，已经被表达，也已经被感受了。也许这就是翁贝托·埃科所说的，"作品比它的作者更富智慧"。无论如何，不管飞氘所创作的是什么类型的作品，他已在实践中完成和达到了一个优秀的小说写作者应承担的任务与目标了。

其实，不管是从什么背景来衡量，飞氘的写作都是特异的。很显然，他与同时代的其他写作者之间，并没有多少明确的共性。这一点，我们完全可以视作他的能力，或者说，实力。我们也不能否认飞氘的写作视野是宽阔的，气势是宏大的，感觉是敏锐的，他的问题意识不为概念所囿，也不为类型所困，再加上表达的天赋和能力，他的书写领域可以非常广阔，他的创作实践也可以非常丰富多元。如果再有更为节制、精练、讲究的叙事，那他完全可以成为一个写小说的"机器人"。也就是说，他在文学道路上的冒险和探索，完全可以像他所想象出的宇宙天地一样大胆而精彩。就他目前已完成的作品而言，与其说是他的书写给科幻小说的写作增加了新的元素和方向，倒不如把目光放得更深远一些，说他为文学写作的可能向度增添了新的系数。

在熟悉的路径之后
——关于李清源的片段和推想

每当我试图对一个文学创作者的写作,或者创作者本人,做出整体性的类似"概括"或"总结"时,总克制不住自己的犹豫和迟疑。这种心虚的不安很大程度上来自对"归纳陷阱"的忧惧——哲学家罗素曾就"归纳问题"做了一个这样的归纳:任何从观察所得的知识中,都存在陷阱。是的,任何的归纳,都难免有缺失、偏颇,甚至错谬,"如何在逻辑上从特定的事例中得出普遍的结论"不仅是一个需要审慎对待的问题,更是一个难以完美解决的问题。尤其在面对文学的时候,归纳的"陷阱"会更容易也更多地出现。试想,有谁能准确计算出,在不同读者的一千个哈姆雷特之间,有多少能被普遍认可的共性——除了名字的相同。而具体到作为个体的写作者,特别是那些不愿被固化、标签化,不愿被限定的写作者,比如李清源,即便忽略其写作中变化和发展的动态因素和可能性因素,只考虑那些已然存在的、不可更改的部分,也并不容易从宏观上做出普遍而绝对的判断,我们所能做的,不过是基于个体的感受和理解进行主观的分析和推断,得出的结果也不过是某些相对突出的表现和印象。更何况,就李清源的写作情况而言,难度似乎又更高一些,因为我们不仅要排除"归纳陷阱"的干扰,还要额外地应对其写作本身所具有的某种不易界定的含混。

不过,我们至少能够从李清源式的混合和难以确定中辨析出一种明确的东西,或许可以称之为"矛盾"。这矛盾最直观地体现在对其作品的阅读中——一种既陌生又熟悉的感觉。陌生和熟悉,这两种看似对立的感受,在李清源的文本中常常奇异又不乏和谐地并存着。首先,乍读李清源的小说,马上会被那些颇具戏剧性的曲折情节以及新异的人物所吸引,比如,苏让、秦淮在诡谲的人生旋涡中寻找自己的救赎,严肃、邵雍在滚滚红尘中经历着刀光剑影,神人翟瞎子有着死而复生的传奇人生,皮二娟和刘佩瑶在疯狂中惨烈自毁,窦怀章躺在白骨上睡了几十年……李清源的故事大多不走寻常路,有着奇峰突起的波折和意料不到的发展,让人难以预料最终的走向和结局。而他的人物呢,又多属鲜见的非典型类别:带着不易捉摸的质感,面目暧昧又鲜明,与世界和他人相隔膜,在精神气质上有种王朔式人物的颓唐、消极、无谓和自我封闭,内心又不乏羞怯、执拗和单纯的良善;他们陷于淤污的生活泥沼中,或徒劳挣扎,或随波逐流,或在希望与绝望之间犹疑辗转,大多是逆向生活的失败者。对于这些新颖的故事和独特的人物,在做出接受或抗拒、靠近或远离的判断之前,我们首先会产生一种陌生感。

然而,深入下去,我们会发现,在那些新奇和特异之中,又有许多熟悉的成分——那是为我们所熟知的来自生活和现实的味道。苏让在家庭变故中艰难审视自己和父亲,郑鸣在多重关系网中左支右绌，许诺与妻子的关系受控于经济压力，邵雍、程光辉、严肃在世俗烦琐中疲于奔命，秦淮受挫于家庭和社会关系而抑郁消沉，细看如此等等、如此种种，我们会恍然，这不就是现实中的我们以及我们的某种境况写照吗？原来，这些故事曲折也好，奇妙也罢，其本质元素还是根植于现实的基底，都是对现实的人生境况——生活困境、命运困境、精神困境——的反映和表现，展现的是人在命运面前的不堪一击、无力反抗与微弱否定，表达的是现实中人的挣扎、困惑、悲哀以及孤独；而这些人物，称为普通人也好，说是小人物也罢，也都生发于人性的血肉和脉络。同现实中的我们相比，他们的面相可能更鲜明，更容易被辨识，他们的内心可能更偏重于灰暗的、激烈的、软弱的一面，但他们不是同我们一样在各种关系——父子关系，母子关系，夫妻关系，男女关系，上下级关系，业务关系——中磕磕碰碰吗？不是同我们一样在重重围困——困于世俗，困于庸常，困于情感，困于欲望，困于金钱，困于诱惑和贪婪——中左冲右突吗？作为虚构的形象，他们可能被赋予了比现实人生更集中的色彩，但在作者的着力塑造下，我们真切地感受到，不管他们有什么质地和个性，一定是来自人生，也依然是一般人性的写照。有了这样感同身受的熟悉和亲切，我们与他们共情，理解他们的爱与忧，关心甚至进入他们的境遇和遭际，当是题中应有之义。

简化而言，李清源的小说，不管故事多么新奇、人物怎样独特，都是作者描写现实、反映人性的有力表达和精心塑造，因而从表到里都是现实主义的——假如存在非现实主义写作的话。不过，我更认同美国学者托马斯·福斯特所说的，现实主义不是叙事的必要条件，而是一种文学建构。所以重要的不是对"写作性质"的判断和命名，而是这种文学建构是不是得到了成功的实现和完成。以上的阅读告诉我们，李清源已经找到了一种自己特有的糅熟悉于陌生的笔调来进行并实现这种构建。

这样的矛盾，一方面给李清源的文本带来某种程度的不易确定和含混，同时又形成了一种鲜明的调性，让作品多了维度，多了辨识性，也多了吸引力。毕竟，我们喜欢熟悉，却总会被陌生所吸引；我们关注现实，又总是向往传奇。文学的阅读如此，写作亦常常如此。也正因如此，我们不仅接受李清源的矛盾，也理解甚至欢迎这种矛盾。不过，相比矛盾产生的结果，更值得关注的是矛盾产生的原因。如果把对熟悉与陌生的融合看作李清源的写作能力和特点之一，那么，我们更应该问一问这种能力及特点的源头以及可能的走向。

根源也许是一颗写作的"饕餮"之心。从已有作品中我们可以合理推测，李清源是一个用心的、讲究的写作者。他的用心表现为一种"野心"——在他这里，故事、人物，以及小说所应具有的品质、内涵和意义，不仅一个都不能少，还要个个出彩、丰富。他有着充分的讲故事的意识，似乎一定要虚构出精妙的故事来，因而乐于采用巴尔扎克式的讲故事方式：涉及爱情、财富、荣誉和生命等重要题材的材料，不同寻常的事件，快速发展的剧情，等等。为了讲好故事，他不但不排斥通俗和奇情，反而会充分利用通俗和奇情。当然了，他兴致勃勃地讲故事并不是为了故事本身，更多的是像美国作家约翰·欧文那样，要把种种复杂、委婉的主题，纳入一个通俗的表现形式中。但这也足以说明，他毫不轻视讲故事在小说艺术中的地位和价值，也很重视讲故事的技巧和能力。与故事相比，他对人物塑造更为重视，他写人物的态度坚定而自觉，并力图赋予人物灵魂。他不惮于以人物为绝对中心，笔墨集中于人物的心理、意识、性格、表现，用人物推动和引导故事，让故事在人物的明暗和血肉中发展，而人物也在故事的行进中逐渐立体，逐渐呈现出生气和感染力。与此同时，他也在寻找故事的升华，探查人性的深度。因为他不满足于讲出一个好故事、构造一个生动的人物形象，不满足于故事与人物的相融相成，也不满足于对现实的直观描写和反映，而是一定要从故事和人物之中，从对现实的审视和观照中，找到并表达出一些深层次的东西——诸如关怀、认知、思考以及隐晦的批判，或者社会、历史和人性的某些禁忌与真相等。这就是李清源在写作上的用心，而我们看到的奇情故事加立体人物加审视思考的"矛盾"文本，是他的用心的直观效果。

　　当然，对于李清源这样的写作者而言，其用心的层面不止于兼顾故事、人物和内涵，还有更多的维度，比如，对外部世界的观察和对心灵境况的关注，对现实境遇的反映和对精神空间的构造，个体经验和普世价值，社会和历史，大背景和小细节，通俗和深刻，实和虚，都应是书写的必选项，都应在文本中共存。很可能他对自己的创作有这样的具体规划：用动人的故事来引发兴趣，拓宽描写的界面和书写的可能；用形象的人物引发共情和共鸣，加深承载的人性体现和社会性思考；进而用故事和人物的圆融结合达到更为扎实也更为丰富的写作品质，完成特定的观照和表达，形成自己的创造性的声音，最终触及写作的文学价值和道德关怀。如果真是这样的话，那么，他确实需要有将写作当作"志业"般的用心。其实，这又何尝不是一个有抱负的作家本应具有的理想呢？

也因此我们就不难理解李清源在写作中的讲究：故事一定要引人入胜，人物一定要鲜明生动，语言一定要严谨雅致。他要深思熟虑地构造精妙的故事，逻辑明晰地塑造立体而动人的人物，从容细致地打磨文学语言。显然，李清源给自己的写作态度设立的潜在标准是精心而严谨，"讲究"是他在自己的文本面前设立的一道关卡，达不到必要的程度，自己这一关就过不去——这般的自我要求，亦是李清源自己对文学的理解和尊重。

对写作的用心和讲究当然是可贵的，甚至是理所应当的，但遗憾的是，实践的效果从不是顺理成章的，毕竟，这是提出了一定要求和难度的写作。可以想见，每一次的尝试都像是平衡木上的体操表演，充分的勇气和技巧，加上冷静恰当的发挥，才可以实现有限空间内的自如腾挪、全部动作的和谐组合，以及安稳的成功落地。一旦技巧或耐心不足，或稍有疏忽大意，磕绊与摇晃便不可避免，即便完成了所有的动作，也难掩勉强，甚至在落地时还会遭遇突兀和仓促的狼狈。比如在李清源的作品中，《苏让的救赎》《此事无关风与月》《门房里的秘密》就完成得匀称、流畅、平稳、细致，当算掌握好了平衡、处理好了结合的成功之作，而《无缘无故在世上走》《没有人死于心碎》，以及更早期的几篇作品，也许是因为匆忙，也许是因为疏忽，并没有表现出预期的平衡，有时即使是用一个抢眼的戏剧性姿态来收场和遮掩，也无法不留痕迹。

想必李清源在实践他那迎难而上般的写作追求时，遭遇过不少风险和压力。比如，故事太重很可能就碾压了主题，主题观念太强往往就裹挟了故事，或者，注意了节奏却难以顾全结构，实现了流畅却减少了丰盈。这些风险有时会在李清源的文本中留下丝丝缕缕的痕迹。我倒觉得，从可能性上来说，李清源最该警觉的危险，也许是来自故事——因为他擅长编织和讲述故事。我们知道，在现代小说中，故事的地位同它的作用一样微妙。英国小说家E.M.福斯特在《小说面面观》中对故事有着如此辨析：故事作为小说的基本层面，是最低级最简单的文学机体，但是对所有被称作小说的异常复杂的机体来说，它又是至高无上的要素。如果没有从故事中发展出更优美更高贵的层面，那故事就是"既不可爱又无趣味"的时间之虫。当然，在认识上我们都明白福斯特所说的"小说是要讲个故事，但不能只讲故事"的道理，但实践中又常常会被故事的"装饰性"所诱惑，在精心的设计和巧妙的心机中走向套路和模式的罗网。而写作一旦落入故事的罗网，就只能下坠，直至瘫落在俗套的地板上，变成加长版社会新闻，或精简版传奇故事会。也因此，我很高兴看到，李清源将自己对故事的重视，同人物塑造密切结合起来，他坚持通过人物来完成故事，追求故事与人物的相辅相成，至少在意识上已经竖起了一道防火墙。而事实上，就李清源目前的写作能力而言，此类风险与其说是威胁,不如说是提醒。

当然,人物同样有风险。对人物塑造的娴熟和成功,固然是李清源的优势和长处,在某种情况下也有可能成为限制。当李清源的作品被称作"人物小说"时,我们知道这是一种肯定,但更清醒的做法,是将之视为警示:人物是不是过于密实?是不是占据了过于绝对的分量?人物,毕竟还是一种具有物理性质的存在,而小说还需要一定量的抽象成分,那些具有美学价值的东西,比如,某些来自无关紧要的小事物的诗意,某种溢出事物的能够飞升的轻盈,越出边界的自由和想象。这些东西就像海绵中的水,能够让小说丰润起来。对李清源的写作而言,这其实是一个"度"的问题:如何在保证人物形象丰满度和立体度的情况下,留出更多的空间,以生发、孕育更多具有美学意味的含蕴,让小说多一些流动的轻盈?在李清源试图借由人物赋日常叙事以社会叙事的宽阔和历史叙事的深沉的时候,我们更希望看到这样的文本效果:不仅有阔大和厚实,还有流淌其中的轻灵。

还有另一个"度"的问题——"精心"的度。如何让精心变成天然,或者变得自然?作家毕飞宇在称赞《促织》的浑然天成时说,写得用心,小说会是天然的,写的时候浮皮潦草,小说反而失去了自然性。我们确实会发现,在某些作品中,用心和天然不是必然具有矛盾性,甚至会相辅相成。但是,我们也不得不承认,在更通常更普遍的情况中,在意和刻意会对写作者的心理和创造力形成限制,会让文本呈现一定程度的紧张或坚硬。小说毕竟不是工艺品,不以规则和完满为艺术要旨,试想,艺术性能在多大程度上来源和体现于规划和组合的平衡？一个成熟的写作者不仅会警惕意图对作品的倒逼，也会对具体的规划留出空白。假如李清源能以更松弛更开放的态度树立和对待自己的写作信心，那么，我们很可能会看到他更多元的写作尝试，也很可能会在他的文本中看到更多的浑然自如。

写作就是如此艰难，一路上有诸多挑战和瓶颈、诸多难题和陷阱。而一个有自我追求、不满足的写作者，又该如何实现并保持有难度有要求的写作呢？我想起作家毛姆在评价福楼拜的时候说的一句话：一个作家能写出什么样的作品，要看他是什么样的人而定。他这里所说的"人"，在我看来，并不仅仅是作家的品质、性情或经历，更多的还是作家的天赋和知识，是它们在相当大程度上决定了一个作家能走多远。而天赋是既定的，是难以更改的定量，我们所能指望的，只有知识这个变量。像李清源这样拥有了一定的天赋的写作者，在写作上找到自己的道路、实践了自己的道路并取得了一定的成功之后，要想突破"同质化""格式化"的瓶颈，要想保持向上走的写作，要想一直生长，只有无止境地学习，只能是学习写作而不是完成写作，就如小说家弗兰纳里·奥康纳所说，一个所有作家都必须终身面对的事情——无论他写了多久，写得有多好——是他永远都在学习如何写作。而一旦他学会写作，"一旦他知道他将会摸索出一条他早就熟悉的路径"，那他的生涯也就此终结。也因此，在听到李清源说"作家最需要学习的能力，我个人认为，就是学习的能力"时，我觉得，是可以对他的写作抱以更多的期待了。

"才华是通行证"

——从《维以不永伤》到《为他准备的谋杀》

我不知道蒋峰为什么要写小说,但是从现实的结果来看,这是一个于人于己两全其美的行为:于己,没有辜负他的天分、浪费他的才能,于人,让大家看到了更多值得阅读的、好看的作品。我想,看过蒋峰长篇小说《维以不永伤》的人,应该对这一论断不会有太大的异议。一个二十岁左右的青年,第一次写长篇,就写得这么内涵丰富、花样繁多,这么举重若轻、挥洒自如,这么完整纯熟、自成体系,简直称得上出手不凡、惊艳众人。这一事实足以说明,他写小说的选择和决定是正确的,甚至是必然的。除了《维以不永伤》,他的其他长篇如《一,二,滑向铁轨的时光》和《为他准备的谋杀》,以及各式各样的中短篇作品,也都是实实在在的证物,向我们昭示着这个年轻书写者身上那种仿佛天生的、遮掩不住的写作才华。

一

《维以不永伤》写了什么?一桩谋杀案,一桩顶包案,一桩伪装自杀案;不美好的爱情,不温馨的亲情,不寻常的世情;悲剧人物，悲哀心情，悲伤故事和悲惨命运；无法逃避、无以治愈的精神创伤和内心隐疾。我承认，这样来描述、概括《维以不永伤》的内容，俗套片面，简单粗暴。但我找不到更合适、更满意的词汇和句子，因为对那多维的、变化的、意蕴含混而繁复的几十万字，很难以寥寥数语做出精准、恰切的总结和涵盖。

且不说在这篇小说中，有十几个人物忽远忽近地进进出出、来来往往，有三四十年的时间忽快忽慢、忽前忽后地流淌穿梭，有因果难辨、连环相套的故事一步步发生一层层蔓延，单说它由四个部分构成而每个部分都有不同的故事核心、讲述视角、叙述风格甚至文体，而且你可以任选一部作为开始也无碍于阅读，就应该明白这是一个复杂得让你不知从何说起的文本。正因为如此，作者给出了这样的阅读指导：偏爱侦探小说的人，可以先去读第二部的第一章到第十章；第三部有着纷繁的结构和跳跃的叙述转换，喜欢领悟小说技巧、体验阅读挑战的人可以选择从这一部开始；第四部讲述了三种心酸的爱情，是那些对故事和情节感兴趣的读者的首选；第一部则是了解整部作品全貌的最佳入口。

这个阅读指引也让作者的"野心"昭然若揭。看起来，蒋峰在写作的时候，已然周全地考虑到了不同读者的口味偏好，他要为各式各样的读者提供全面的阅读选择。当然，也可能蒋峰并没有这么"读者至上"，他只是单纯地想做一个施展才华的写作者，将自己的诸多本领都拿出来，一一试用并验证，顺带满足不同类型读者的需求。但不管写作动机是吸引读者还是满足作者，抑或二者兼顾，《维以不永伤》都堪称蒋峰的"野心"之作，它明确无误地表示,作者要以尽可能高的水准,在尽可能大的范围内,召唤尽可能多的读者。这样的写作"野心"当然不是坏事,它应该是一个优秀的写作者所必然具备的品质,不然写作者何以激发自己的潜能、探测自己的边界,最终提高创作实力、扩大写作疆域?蒋峰的写作才华正在于,他不仅有这样的"野心",也有与之相称的胆量以及将之实现的能力,能够写出像《维以不永伤》这样内容丰富、符合多种阅读预期的作品。不知道他本人对这个结果是否满意,我作为一个既偏爱故事和悬念又喜欢新鲜,同时又比较注意结构、叙事、技巧和风格的读者,对这种难得一遇的能满足我各种要求的小说,不仅由衷欢迎,简直相见恨晚。因为不愿有任何错失,所以我选择老老实实地从第一部开始,依次读到最后一页。不过,我也要老老实实地承认,这一见钟情式的相遇,通向的是喜忧参半、痛并快乐的结局。是的,对《维以不永伤》的阅读是痛快淋漓的,但作为阐释者,要对如此层叠而复杂的文本进行解读,又是艰难而痛苦的。

首先,这本小说很好看。我相信这个简单的评价应该是相当准确的。诸多凶杀、奇情、悬疑、伦理挑战等具有通俗性、刺激性的内容元素,再加上蒋峰流畅的文字和变换的角度、饱满的想象力和冷静的控制力,是很难把故事讲得难看的。

当然,它不只有通俗好看的故事,还有犬牙交错、层叠延绵的结构设置和循环往复、峰回路转的独特叙述,正是后者让它成为一个风格独具的叙事文本。我本希望能跳出"元小说"这个呆板的角度来谈论它,但它强烈的"元小说"色彩让我不能不提起这个概念。在小说第一部的开头，蒋峰以寻常的第三人称叙述引出了一具尸体，但讲述很快就"脱线"般地转变为第一人称叙述，就在你熟悉了这个引路人"我"之后，蒋峰又让以"杜宾"名字再次出现的"我"的表哥杜宇琪告诉大家，他正在写一本名叫《维以不永伤》的书，书中的叙述者，也正是杜宇琪的表弟、蒋峰的叙述者"我"，而书中虚构的故事和蒋峰正在讲述的故事，又是一样的内容。在频繁转换叙述主体的第三部中，出现了更为复杂的"元小说"手法。不仅之前的角色被推翻，比如第一部里的叙述者"我"，也就是杜宇琪的表弟周贺，在这里被揭示出原来只是杜宇琪的同学，被他在小说中虚构为自己的表弟。到这里连第一部整个故事都变得可疑起来，很可能不过是以"杜宾"之名所写的小说《维以不永伤》。随着故事的推进，读者越来越难以分清文本中名为《维以不永伤》的小说到底是谁写的，是杜宾、马女士，还是号称是杜宾养子的另一个杜宇琪？更可怕的是，我们也越来越难以辨识，正在进行的讲述到底是蒋峰的虚构，还是他的人物的虚构。蒋峰在虚构和真实之间来回地转换、穿梭、跳跃，蝴蝶般轻盈花哨，让你疑窦丛生、眼花缭乱。他一边讲述得无比真诚、栩栩如生，煞有介事地暗示真有这么一个人物存在，只不过他可能是另外一个样子，一边又不停地坦白虚构行为的具体过程和各种细节，冷不丁就要提醒一下读者这是在虚构和虚构的虚构，但是这种提醒似乎又来自一个真实的人物。就这样他的叙述一会儿似真，一会儿似假，一会儿真的其实是假的，一会儿假的可能是真的，他如此翻手为云覆手为雨，简直将读者玩弄于股掌之上，也将小说的虚构本质展现得淋漓尽致。而你除了任他摆布，好像也只能暗暗惊叹，他对这一手法的使用，竟然能够如此圆熟自如。这一手"连环相套，不停推翻，真假莫辨"的叙事才能，蒋峰施展得不由分说也毫无顾忌，根本不打算弯下腰照顾一下读者的大脑和感受。与之相比，他在第二部所使用的那种叙述人称和视角来回穿插变换的方式，在第三部中所采用的那种叙述主体轮番转换的手段，竟然显得有几分体贴和温情。

最后你终于明白过来，那以不同方式被反复讲述的故事，那持续出现的"杜宇琪"或"杜宾"，其实都是他施展才华的符号、媒介或工具。所以，你会看到，这两个名字和人物时不时就出现在蒋峰其他的小说中，肩负不同的使命。同样，《维以不永伤》作为一篇小说，也常出现于其他相关或无关的作品中，就像一个神秘的象征。

我不能说这种将不同叙述手法和叙事方式进行无缝衔接的创作具有完全的"原创性"和"独特性"，但能将这些小说技术运用到这般程度、达到这样的格局，也确实并不常见，尤其是出自一个初试身手的写作者，那更是要有横溢的才华才可以完成。在这篇小说中，你看不到一个二十岁的写作者在知识和经验方面可能会有的局限和不足，因为即便是有，也完全被作者耀眼的才华所遮盖。

二

《维以不永伤》本身的完结,并不是终点,反倒是一个起点。以毛毛死亡事件为根源引出的多个人物和多种人生,包含了许多新的铺展方向和演绎可能,《一,二,滑向铁轨的时光》便是其中的一脉支流。

这篇小说讲述的是"家庭和死亡的故事":在生活的磨损和命运的碾压下,一个家庭中的成员互相折磨,最后父亲、姐姐、母亲相继死亡,剩下的表姐肉身虽在,精神却早已枯亡。小说中的许多事件、情节以及人物,都可以同《维以不永伤》中的故事相互联系和对照。叙述者"我"正是《维以不永伤》中刑侦队长雷奇的儿子,在《维以不永伤》中伪装自杀的雷奇,终于死在了这篇小说里。这部作品虽然没有《维以不永伤》那样丰富的手法和复杂的结构,只是自始至终保持第一人称的单线叙述,平实地讲述关于父亲、母亲、姐姐、表姐以及"我"的故事,但在精神质地和情感构成方面,它有着同《维以不永伤》一样的低沉和哀伤。两者最大的不同是,《维以不永伤》有一个人物纷纷死去的灰暗结局,这篇小说的结尾却带有一线光明和希望。

其实,它与《维以不永伤》有什么相同和不同并不重要,重要的是两者的连接和相通。《一,二,滑向铁轨的时光》可以看作《维以不永伤》的"衍生品",这就意味着,以《维以不永伤》为框架和源流,蒋峰可以用各种"互文"建构起一个自足的写作体系。在《维以不永伤》的地基之上,生长出一个能够不断丰富扩大的文本世界。只要蒋峰愿意,随时就能选取一个新的切入点进入这个世界,从已有的人物身上引出更多的人物,从已发生的故事之中生发更多的故事,就像《一,二,滑向铁轨的时光》所做到的那样。如此,这个虚构的世界便可生生不息,无远弗届。

蒋峰也确实前前后后写了一些"互文"度不同的短篇和中篇,如《盲目的时代,等待结尾》《六十号信箱》等。但是,在我看来,仅仅是《维以不永伤》和《一,二,滑向铁轨的时光》这两部长篇的内容、人物和事件,便足以撑起这个文本世界,也足以形成蒋峰式的风格、彰显蒋峰式的才华。这个世界的故事总是那么精彩,却又那么悲哀。在其中生存的人物,也总是带着自己的执念甚至疯狂,内心隐藏着自己的谜团、秘密和伤痛。他们的形象带着暧昧难明的色彩。比如,我不知道该把雷奇看作一个命运悲剧式的勇士,还是一个无奈又狠心的懦夫,我也不确定他究竟是博大深情,还是冷酷无情。同样,对于《维以不永伤》中的杜宇琪,说不出他是更可悲,还是更可恨,抑或更可怜。在蒋峰笔下,裹挟于命运之中的人物,不管是挣扎、反抗还是顺从,终会被生活所倾轧,演出大大小小的悲剧,走向无所归依的终局。我不能因此就说蒋峰是个悲观主义者,但他无疑是个标准的真正意义上的文学青年,骨子里带着一种悲凉和虚无。

对于这些灰扑扑的人物和灰蒙蒙的命运,我并不想从"人性"的角度来定位和解读,以此证明蒋峰小说的精神刻度。因为,这些人物存在的样态和方式、这些悲剧发生的缘由和过程,就已经说明,蒋峰的小说并不是停留在表面的讲着传奇故事的"通俗文学",而是在结构、技术和内涵上下了功夫的"纯文学"——如果非要用这么死板而陈旧的概念来划分的话。就像埃科的《玫瑰之名》,纵然有一个凶杀悬疑的故事外壳,也不会有人说它仅仅是个侦探小说。又如雷蒙德·钱德勒,写的是硬汉侦探的形象和故事,依然能进入美国文学的最高殿堂。

其实最有趣的还是蒋峰构建这个文本世界时所使用的物理材料和技术成分。可以看出,隐藏在核心、撑起整个框架的"钢筋",是源自西方文学经典的血脉。裹在钢筋外面的是雅、俗两种成分混合搅拌而成的混凝土。泥瓦匠蒋峰左手传统,右手现代、后现代,两手交替作业,一边注重故事的好看和通俗,诚意十足地布置悬念、描写情节,一边又娴熟地用多种手法,从各个角度推翻故事、解构真实。左右开弓,却又和谐统一,既灵活又坚实。这不能不说是他所特有的才能。

回过头再说《一,二,滑向铁轨的时光》,不管是作为《维以不永伤》的一种"互文",还是作为一个独立的作品,它都是完满成熟的。但是也要承认,在内容和形式上,它并不具有《维以不永伤》那样强大的光芒。因而,我内心不免会有疑问,如果不能超出、起码是比肩《维以不永伤》的水准,那么,这样的"衍生"是否有画蛇添足的风险呢?

但是再想想,如果一个写作者,能以不同的文本建立一个自足的体系和丰富的世界,并在这个可以无限延伸的虚构世界中自如流畅地写就种种可能,那即便不是每次的讲述都同样精彩,也是一种不容小觑的才能、一项不可多得的成绩。

三

与上一部长篇时隔数年之后出版的《为他准备的谋杀》,跳出了蒋峰之前营造的那个文本世界,呈现了新的品质和风格。《维以不永伤》和《一,二,滑向铁轨的时光》是蒋峰早年的作品,几乎是少年之作,但气质都是成熟而沉稳的,完全看不到少年心性。后来写就的《为他准备的谋杀》,反倒时时流露出少年心性,有着浓郁的青春气息,好像时光正在倒流。

这当然不是说《为他准备的谋杀》就是个幼稚的、不完全的作品。它的故事依然好看,跌宕起伏,充满悬念和意外,它的叙述也一如既往地自如、流畅、有趣又迷人。小说里面也仍然包含着凶杀、犯罪、阴谋、背叛以及爱情诸种元素,不过最根本性的变化也就在这里,这些元素不再是蒋峰使用的符号和工具,而是真正意义上的写作内容。由此小说的性质就发生了改变,成为一个较为典型的类型小说。你可以说它是犯罪小说、冒险小说或者悬疑小说,都不算错。

《为他准备的谋杀》讲述了这样的故事:男主角"我"在遭遇妻子背叛、亲人全部遇难之后,万念俱灰,谋划杀兄报复却落入圈套成为杀人嫌犯,在被通缉和追杀之中亡命出逃,与嫂子一起苦寻真相,却在共同的艰险中爱上了这个似敌似友的女人,而最后的真相和结果也让"我"再次面对另一种背叛、陷害和新的痛苦。从上面的内容可以看出,这部小说同之前的小说一样,故事惨痛,甚至更为惨痛。但蒋峰写得却比以前轻松了许多,也明快了许多,他甚至采用了之前少见的那种年轻人所特有的口吻和语调,讲出许多轻快的调侃和玩笑,人物因此显得更有活力和个性,世界也因此更为清晰明亮,整篇小说也有了青春的趣味和气息。当然,蒋峰的叙述能力依然那么强大,他的讲述在保持着密度和张力、强度和流畅性的同时,轻巧地设置谜团、埋下悬念,安排意外和惊奇,让这部类型小说有了让人一口气读到深夜的吸引力。

怎么来评价《为他准备的谋杀》,取决于所处的立场和采取的角度。对于一个研究小说的人来说,对《为他准备的谋杀》可能会稍觉意外和失望,因为没想到蒋峰会写一篇类型小说,比起《维以不永伤》和《一,二,滑向铁轨的时光》,这本小说在技巧上止步,在所谓的"深度"上止步,而且,因为类型化,它甚至显得简易、单薄。如果你期望从中找到更多、更新或者更值得关注的东西来解读和阐释,那失望是难免的。但是从普通读者的角度来看,似乎没什么可不满和抱怨的。蒋峰的小说仍然那么好看,甚至更好看。《为他准备的谋杀》就像是蒋峰为读者送上的一份美味可口的餐后甜点,大家可以轻松愉快地吃个精光,享受一番阅读快感。对,《为他准备的谋杀》可能不算是主食,不是蒋峰所能摆出的文学筵席的主食,因为以他的才华,他还可以写出更为丰盛的大餐来。但是,这也只是我作为一个旁观者、阅读者的猜度和看法,毕竟,蒋峰在写作上的自由度,同他的自如度一样高,而从他已有的作品来看,他也并不是一个喜欢被限定或者自我限定的写作者。他想以什么样的作品宴请读者,在他的能力范围内有着充分的选择自由,而我相信这个范围是很宽大的,而且,即便他选择此后专注于类型小说的写作,也没有什么不好,一样可以取得应有的荣光。《为他准备的谋杀》作为成功的改变和转型,已经再次证实了他的写作才能。事实上,从《维以不永伤》到《为他准备的谋杀》的延伸,为蒋峰划出了一片广阔的写作领域,在这个领域内,他持着才华的通行证,尽可以优哉游哉地行走。